资深编剧教你读小说

我们应该如何读《三体》

高华
翁海鑫
著

中国戏剧出版社
CHINA THEATRE PRESS

图书在版编目（CIP）数据

资深编剧教你读小说：我们应该如何读《三体》/ 高华，翁海鑫著. -- 北京：中国戏剧出版社，2024.6
ISBN 978-7-104-05506-8

Ⅰ.①资… Ⅱ.①高… ②翁… Ⅲ.①幻想小说—小说研究—中国—当代 Ⅳ.① I207.42

中国国家版本馆 CIP 数据核字（2024）第 111101 号

资深编剧教你读小说：我们应该如何读《三体》

责任编辑： 肖　楠
项目统筹： 杨秋伟
责任印制： 冯志强

出版发行	中国戏剧出版社
出 版 人	樊国宾
社　　址	北京市西城区天宁寺前街 2 号国家音乐产业基地 L 座
邮　　编	100055
网　　址	www.theatrebook.cn
电　　话	010-63385980（总编室）　010-63381560（发行部）
传　　真	010-63381560

读者服务：010-63381560
邮购地址：北京市西城区天宁寺前街 2 号国家音乐产业基地 L 座

印　刷	北京九州迅驰传媒文化有限公司
开　本	880mm×1230mm　1/32
印　张	6.75
字　数	130 千字
版　次	2024 年 6 月　北京第 1 版第 1 次印刷
书　号	ISBN 978-7-104-05506-8
定　价	68.00 元

版权专有，违者必究；如有质量问题，请与出版社联系调换。

序

偶然在朋友的推荐下,我阅读了刘慈欣的科幻小说《三体》。从读《三体Ⅰ:地球往事》开始,我就对《三体》爱不释手,欲罢不能,一口气读完了《三体》三部曲。

当读完《三体Ⅲ:死神永生》之后,我意犹未尽,居然回过头,第二遍再读《三体》。当读完第二遍,我给朋友打电话,向他断言,这是当代名著,经过五十年或者一百年时间的沉淀,它也许就可以比肩《水浒传》《三国演义》。

《三体》给读者带来巨大的愉悦感,剧情、人物一直揪着读者的心奋勇向前,一气呵成。我对此产生了浓厚的兴趣,作者是如何做到始终吸引读者的注意力的?《三体》洋洋洒洒近百万字,作者是怎么保证整个结构如此严谨完整的?《三体》一共塑造了几十个有血有肉的人物,是怎么做到几乎每个人物都让人印象深刻的?

同样不可讳言的是,《三体Ⅰ:地球往事》的前六章,阅读感糟糕,入戏太慢,以至于很多读者尚未读完前六章就放弃

我们应该如何读《三体》

阅读了。前六章到底为什么阅读感如此糟糕？很多文学网站都悄悄地改变了《三体Ⅰ：地球往事》章节的安排，把第七章"疯狂年代"提到整部小说的第一章，强行让读者先阅读小说的第七章、第八章、第九章，再让读者回头阅读第一章，这样可以有效地减少前六章的阅读障碍。这些阅读障碍是如何造成的？为什么调整了章节的顺序后，阅读感会有效提高？

我带着疑问查阅了不少关于小说《三体》的评价和分析，发现基本都不能解答我提出的问题。

于是我萌生了一个念头：我应该写一本书，系统地给大家解析小说《三体》。《三体》为什么让人爱不释手，欲罢不能？《三体》的过人之处究竟在哪里？另外，我也想系统地解析《三体Ⅰ：地球往事》前六章阅读感糟糕的内在原因究竟是什么？为什么调整了章节顺序就可以使得阅读障碍大幅度减少？

毕竟我做了很多年的编剧（编剧作品曾两次获得全国收视率第一），自己也写过长篇小说，是一个实实在在的创作者。在写作理论上我也稍稍有点自己的想法，作为第一作者与人合著了理论著作《剧本写作实战技巧》。我想在这里把自己的一孔之见写出来，请大家批评指正。

高 华
2024 年 3 月 3 日

目 录

序   001

引　子　《三体》让奥巴马欲罢不能之谜   001

第一章　故事架构篇：破解《三体》故事构建之谜   005
    一、《三体》故事的核心秘密：形成极度的反差   005
    二、结构性缺陷：破解《三体》阅读困难之谜   024
    三、《三体》：光吃饺子也能吃饱   028
    四、《三体Ⅰ：地球往事》：一篇超长的序言   033
    五、《三体Ⅰ：地球往事》前六章：冗长而缓慢地入戏   034
    六、生旦净末丑俱全，末日来临的众生相   036
    七、怎么选都是错，怎么选都是人性的悲剧   041
    八、许下的承诺，超额兑现，满足各种猎奇的期待   050

我们应该如何读《三体》

| 第二章 | 人物塑造篇：破解《三体》人物塑造之谜 | 057 |

  一、《三体》主人公塑造三部曲 057

  二、《三体》反面人物塑造：不虚美，不隐恶，

    故谓之实录 093

  三、《三体》次要人物塑造：一颗颗闪光发亮的螺丝钉 108

| 第三章 | 细节设计篇：破解《三体》细节构建之谜 | 128 |

  一、草蛇灰线，伏脉千里 128

  二、高塔意外：童话里，那座关押公主的高塔 142

  三、随时响起的咏叹调 152

  四、生活里小小的褶皱 166

引 子
《三体》让奥巴马欲罢不能之谜

刘慈欣的小说《三体》问世之后，很快成为现象级的畅销小说，在全世界产生了巨大的影响。时至今日，《三体》里的一些词汇早已超出文学范畴，进入了日常生活。当提到"世道艰险，谋生不易"时，我们会说："这个世界遵循的是黑暗森林法则。""黑暗森林"这个词汇就源自《三体》。当提到对抗双方的实力差距过大，一方的力量碾压另一方时，我们会说："这简直就是降维打击。""降维打击"这个词汇也源自《三体》。

《三体》不但向中文世界直接贡献了诸多日常词汇，还向我们贡献了奇幻瑰丽的想象力、雄伟宽广的世界观设定。

《三体》为什么会成为现象级的畅销小说？《三体》为什么火遍英文世界，成为世界级的畅销小说？《三体》这本小说究竟有什么过人之处？

我们应该如何读《三体》

有人认为,《三体》的精彩之处是丰富的想象力。

降维打击,把三维的太阳系打成二维空间,外星高级文明毁灭太阳系是用一种包裹着巨大想象力的方式完成的。三体人的世界,三个太阳的引力互相影响,做不规则运动,导致三体行星的生存环境一会儿优越、一会儿恶劣,三体文明在恒纪元和乱纪元之间摇摆不定。《三体》里各种奇幻瑰丽的想象琳琅满目,让人目不暇接,确实是一场想象力的盛宴。

有人认为,《三体》的精彩之处是其深刻性。

在《三体》世界里,当人类面临外星高级文明入侵时,做出的种种选择和反应,好像在人类的历史长河里都可以得到印证和回响。当蓝色空间号宇宙飞船承载着人类最后的希望,要永远飞离地球,飞离太阳系,为人类留下最后一颗火种的时候,当所有人翘首企盼人类又一个伊甸园诞生的时候,蓝色空间号宇宙飞船却要在启航前做出一个最令人发指的选择:消灭身边另外两艘战舰,杀掉身边的战友,把那两艘战舰的燃料和补给据为己有,只有这样才有机会飞行到下一个可以安放生命的恒星系。只有用至恶之水浇灌,至善之花才能开放,这是对现实世界莫大的讽刺,这是对人性深度的开掘。

那么,仅仅是丰富的想象力、对人性深度的开掘就可以让《三体》达到这样的高度吗?答案是否定的。

引 子
《三体》让奥巴马欲罢不能之谜

《三体》能够风靡全球,能够成为现象级的文化产品,最关键的一点,是《三体》巨大的可读性。

《三体》的读者普遍有一种感受,小说一旦开始阅读就欲罢不能。阅读过程会带来巨大的愉悦感。阅读过后,读者对后续情节的发展、人物的走向会有巨大的求知欲,会千方百计寻找续作。

时任美国总统奥巴马阅读《三体》时就有一种欲罢不能的感受。读完《三体Ⅱ:黑暗森林》之后,他迫不及待地想阅读《三体》的续作,但是找遍美国,乃至整个英文世界都没有《三体Ⅲ:死神永生》的英文版。奥巴马不惜动用总统的权力,以白宫的名义向中国作者刘慈欣发邮件寻求帮助,希望可以尽快获得《三体Ⅲ:死神永生》的英文版。在没有得到刘慈欣的反馈之后,他还不死心,通过中方的外事部门联络刘慈欣,大有不得到《三体》续作誓不罢休的架势。最终,《三体Ⅲ:死神永生》刚刚在美国的出版社被翻译成英文,奥巴马就拿着出版社的清样一睹为快。

为什么《三体》的阅读感如此令人愉快?是什么让《三体》的故事、人物的发展令人读得欲罢不能?

作为在编剧领域奋战多年的编剧,一辈子孜孜以求的是如何让故事、人物吸引观众,如何让观众欲罢不能。笔者发现,《三体》对故事、人物、场景的设计和编剧的思维高度

我们应该如何读《三体》

统一,所以《三体》的阅读感如此之好,让人欲罢不能。

接下来,笔者就从故事、人物、场景三个层面,向大家破解《三体》让人欲罢不能之谜。

第一章
故事架构篇：破解《三体》故事构建之谜

一、《三体》故事的核心秘密：形成极度的反差

一本小说或者一个剧本的故事构建，最关键的就是那个核心的出发点——谁去做什么。

人类在原始社会就经常聚在一起讲故事，讲故事这种形式比读小说、看电影要早几千年甚至上万年。

在遥远的古代，当人们围坐在一起开始讲故事的时候，他们的故事也许是这样开场的：

"王子决心去那个深谷，打败恶龙，解救被囚禁在高塔之上的公主。"

王子解救公主，就是一个完美的"谁去做什么"的基本架构。一本小说有时候洋洋洒洒百万字，但是如果拨开那些枝

> 资深编剧教你读小说

我们应该如何读《三体》

枝蔓蔓,把小说的故事还原到最初的设定,就是一句简单的"谁去做什么"。

《三体》也不例外。

《三体》的基本故事架构还原到最初的核心点,就是以下这句话:

主角试图拯救人类世界。

近百万字的《三体》都是紧密地围绕着这个核心的故事架构展开的。

那么是不是构建好"谁去做什么",就是一个精彩的故事,让人读起来欲罢不能呢?答案是否定的。

构建好"谁去做什么",仅仅是让整个故事有了一个最基础的框架,有了一个清晰的出发点。那么,究竟《三体》让人阅读起来欲罢不能的关键在哪里呢?

在"谁"和"做什么"之间,形成一个极度的反差,这就是《三体》故事让读者读来欲罢不能的核心秘密。

美国电影《洛奇》曾经风靡全世界,成为电影史上的经典之作。

《洛奇》这部电影讲述了这样一个故事:

美国小镇上的一个业余拳击手,名叫洛奇,穷困潦倒,快要被业余拳击俱乐部扫地出门,已经落魄到只能给黑社会收保护费才能赚点钱吃饭。就是这样一个混迹于社会底层的倒霉

第一章
故事架构篇：破解《三体》故事构建之谜

蛋，偶然间获得了一个机会，世界最重量级拳王阿波罗向他发出了打一场拳击赛的邀请。

阿波罗一年前就决定在洛奇生活的小镇上打一场世界最重量级拳王挑战赛。阿波罗的挑战者因伤无法参赛，赛事并没有准备其他挑战者，然而此项赛事又无法取消，因为签了大量的商业广告协议，后来阿波罗灵机一动，决定打一场当地业余拳击手挑战世界最重量级拳王的表演赛。

阿波罗挑选洛奇，仅仅因为他的外号"意大利种马"让人眼前一亮。虽然发出了邀请，但是阿波罗丝毫瞧不起洛奇，他放出话来，一场职业拳击赛打十五个回合，他想在哪个回合击倒洛奇，就在哪个回合击倒洛奇。

阿波罗的话彻底激怒了洛奇，洛奇决心在拳击台上证明自己，他给自己定下一个目标：业余拳击手挑战世界最重量级拳王，十五个回合不被击倒。

电影《洛奇》的故事架构的核心点就是：业余拳击手挑战世界最重量级拳王，十五个回合不被击倒。

"谁"（洛奇）、"做什么"（挑战世界最重量级拳王），形成了一个极度的反差。一个最弱小的挑战一个最强悍的，一个最差劲的挑战一个最优秀的。

核心架构里一旦形成这种极度的反差，故事会一下子变得精彩起来，这种极度的反差就像一个钩子，会把观众的心挠得痒痒的，让观众欲罢不能，一定要看下去，一定要看看这个倒霉蛋是如何挑战世界最重量级拳王的。

这部电影获得了巨大的成功，观众不但对这部电影欲罢不能，而且对洛奇这个人物极度喜爱，基于此，好莱坞又连续制作了"洛奇"系列电影，一直拍到了第六部。

一个故事让人欲罢不能的核心秘密就在于此。（关于故事如何构建，创意点如何设立，"谁去做什么"这个核心的反差如何构成剧本，见《剧本写作实战技巧》。）

《三体》让读者欲罢不能的秘密也在于此。

1. 罗辑：平庸小人物拯救人类世界

《三体》的主人公罗辑，他身上就完美地体现了讲故事的核心秘密——形成极度的反差。

罗辑在《三体》里占据的篇幅极大，贯穿了小说第二部《黑暗森林》和第三部《死神永生》。从洋洋洒洒近百万字的小说中，我们把关于罗辑的故事核心提炼出来，就是一句话：

罗辑要拯救人类世界。

从罗辑被选为面壁人开始，拯救人类世界这个任务就被强行套在罗辑的头上，而且因为面壁人的特殊身份和特殊使命，罗辑陷入了一个逻辑陷阱中，他即使想拒绝拯救人类世界的任务也做不到，他所有的拒绝行为都会被当成面壁人计划的

第一章
故事架构篇：破解《三体》故事构建之谜

一部分。

人类世界面对的威胁是三体人将要入侵地球，入侵地球的三体舰队已经出发，在四百五十年之后将抵达太阳系，对人类展开一场不可避免的杀戮和奴役。

三体人科技如此之高，在三体舰队出发之初，就派出光速运动的智子锁住人类的基础物理与基础化学的发展，确保人类在这四个半世纪里，科学无法出现爆发式进展。对于人类来说，三体人对人类的打击就像是一场降维打击，在三体人看来，人类的抵抗都是徒劳的，他们给敢于抵抗三体人入侵的人类发出的最后一句话就是：

你们是虫子。

人类对三体人的抵抗，就像是虫子对人类的抵抗，双方根本不是一种生物，实力绝不在一个维度之上。

对于人类来说，三体人就好比是世界最重量级拳王阿波罗，他的实力是如此高高在上，只能让你望而生畏，对于和他较量，你只能感到荣幸。他以绝对的实力碾压对手，确实可以傲慢地说出，他想在哪个回合击倒对手，就在哪个回合击倒对手。

无论人类派谁来对抗三体人，拯救人类世界，都是一场实力悬殊的战斗。然而，人类应该派谁来打这场战斗呢？

假设这不是小说里的情节，如果在真实世界里，真的面

资深编剧教你读小说
我们应该如何读《三体》

临高度文明的外星智能生物的入侵，人们希望谁来拯救人类世界呢？笔者认为稍微有一点理智的人，就会选择世界顶级的政治家、战略家、科学家。

《三体》里除了罗辑这个面壁人之外，还挑选了三个面壁人来对抗三体人，拯救人类世界。他们的头衔就完美地贴合了政治家、战略家和科学家。

第一个面壁人：弗里德里克·泰勒。

刚刚卸任的美国国防部部长，是美国当代战略的决策者，是世界顶级的战略家、军事家和政治家。

第二个面壁人：曼努尔·雷迪亚兹。

委内瑞拉的总统，一个卓越的政治家、战略家。他的游击战略曾经让世界超级大国美国都头痛不已，最终美国打输了入侵委内瑞拉的战争。曼努尔·雷迪亚兹成为世界上以弱胜强战略的代表人物。

第三个面壁人：比尔·希恩斯。

世界顶级的科学家，两次获得诺贝尔奖的脑科学专家，还是跨越不同学科两次获奖，是人类世界第一人，也是唯一一人。他前半生是世界顶级的科学家，后半生从政，曾任一届欧盟主席。

这三个人是地地道道的人类精英，他们被挑选出来，成为面壁人，被赋予对抗三体人、拯救人类世界的使命可以说顺

第一章
故事架构篇：破解《三体》故事构建之谜

理成章，完全符合现实中人类的想象和期待。

然而，这种符合现实预期的想象和期待，并不符合文学写作的原则。这些人类世界的顶级强者在小说里只能是配角，是用来反衬主角罗辑的。

罗辑是什么身份？

罗辑是一位博士，大学教师，教授文科里的社会学。他在大学讲坛上毫无建树，没有获得任何成果，默默无闻。但是对于自己的碌碌无为，他乐在其中。为了报销一些科研经费，他还毫无廉耻地违规使用发票。

这个人毫无理想，自己的工作只是糊口而已，一辈子的爱好就是到处和异性约会。他因为懒得承担责任，从没想过拥有后代，所以在他看来，四百五十年以后三体人的入侵与他无关，他反正没有后代，不会被三体人杀死或者奴役。

他频繁约会，他甚至不记得和他约会的女孩的姓名。对他来说，内心是没有爱的，一时的声色犬马就是生活的全部。罗辑实实在在是一个毫无理想、毫无建树，甚至毫无可取之处的小人物。在人类世界里，他是一个彻头彻尾的失败者，最关键的是这个失败者还乐在其中，很享受自己的平庸生活，实在是一个彻头彻尾的无可救药者。

把罗辑和另外三个面壁人做比较，另外三个面壁人如果是太阳的光辉，罗辑顶多就算是一只孤独的萤火虫。

我们应该如何读《三体》

然而，另外三个面壁人身份再显赫，之前获得的功绩再伟大，在《三体》中也是配角，是用来衬托主人公罗辑的。最终是谁真的拯救了人类世界？最终是谁找到了唯一可以和三体人对抗的窍门？正是这个小人物的代表罗辑。

如果说三体人是最重量级拳王阿波罗的话，罗辑就是那个可怜的倒霉蛋，就像快被业余拳击俱乐部扫地出门的洛奇。罗辑和洛奇两个人的名字还如此接近。倒霉蛋挑战世界最重量级拳王，这形成了极度的反差。

对抗如此高度文明的三体人的入侵，人类却派出了自己世界的失败者、毫无可取之处的小人物罗辑，这个小人物最终却拯救了人类世界，这个极度的反差就是让读者欲罢不能的核心秘密。

罗辑这个小人物成为面壁人，本来就是一个意外，也可以说是一个笑话。在联合国大会上，面壁人的任命现场，前三个面壁人被公布的时候，大家的反应是欣慰，觉得人类的命运交到这三个面壁人的手里，是人类的幸运。或者说，如果人类顶级的政治家、战略家、科学家都无法对抗三体人，那么人类就可以放弃希望了。

当罗辑被任命的时候，大家并不是觉得失望，而是感到陌生。这个毫无名气、毫无威望的小人物平庸的名字被报出来的时候，并未引起一阵失望的叹息，反而大家都在打听，这个

第一章
故事架构篇：破解《三体》故事构建之谜

罗辑到底是谁？他怎么会被选为面壁人？甚至有意思的是，罗辑本人也感到意外，觉得这是一个天大的笑话。毫无理想、毫无能力、无可救药，并不仅仅是他人对罗辑的观感，甚至也是罗辑的自我定位。

如果说从身份、威望、名气上，罗辑和另外三个面壁人相比，已经是天壤之别的话，那么成为面壁人以后的一系列行为，让全世界都看清了这个人的平庸本质。

卸任的美国国防部部长弗里德里克·泰勒在成为面壁人之后，立刻成立了自己的参谋部。他在全世界范围之内寻找死士、殉道者。后来我们才知道，他的惊天计划是建立一支人类太空部队，并且自己杀死他们。这支在肉体上被消灭的部队会在量子状态下保留下来，他打算用这支量子状态的幽灵部队对抗三体人的入侵。

委内瑞拉的总统曼努尔·雷迪亚兹的计划更是不得了。他打算用几万甚至几十万颗最大当量的核弹在水星上引爆，让水星坠入太阳，利用行星惯性坠落彻底毁灭太阳系，用这种方式要挟三体人，放弃入侵地球。

科学家比尔·希恩斯则希望加速人类脑科学的进步，使人类大脑实现跨越式发展，让人类可以在有限的四个半世纪内产生足以对抗三体人的智慧。他的理由也很充分，和人类科技的跨越式发展相比，人类的大脑实在进化得太过缓慢。人类的

资深编剧教你读小说
我们应该如何读《三体》

大脑大概经历几十万年才能见到明显的进步。现代人类的大脑和几千年前原始人的大脑并无实质的变化，所以依靠人的大脑来思考如何打败三体人，本身就是一个不可能完成的任务。所以，他优先发掘人类的大脑，想用更高级的大脑来和三体人对抗。

这三个面壁人都走在自己正确的道路上，他们寻找的方法都在读者的正常认知范围内，是人类世界顶级政治家、战略家、科学家应该想出来的主意。既然在读者的预料之中，既然人类世界就该派出他们应战，那么他们构成的故事就不具备反差，不具备反差就无法引起读者的期待，读者阅读《三体》欲罢不能的感受就不会产生。

真正让读者心痒难耐、欲罢不能地阅读下去的是第四个面壁人罗辑的所作所为。

罗辑甚至不知道自己为什么被选为面壁人，他当然不知道自己怎么去对抗三体人。但是当度过了初期的迷茫与困惑之后，他忽然灵机一动，既然面壁人有无限的资源，又无须和别人解释自己的行为，那么他可以用这些资源过上田园牧歌般宁静的生活。反正他活不了四个半世纪，他也不打算要孩子，干脆就用这个机会吃喝玩乐。至于所谓的对抗三体人、拯救人类世界，与他何干？

罗辑接下来把所有的资源用于个人享乐，在北欧的一处

第一章
故事架构篇：破解《三体》故事构建之谜

宁静的庄园生活下来，过着田园牧歌式的生活。甚至，他利用自己面壁人的身份，让联合国帮他寻找梦中情人庄颜，因为其梦中情人是学习绘画专业，她的梦想是去卢浮宫，罗辑又动用自己面壁人的资源让他和庄颜可以自由出入卢浮宫。结果，罗辑没有为人类做任何事情，没有为对抗三体人哪怕思考一分钟，却动用面壁人的资源让自己过上了贵族般的生活，找到了世界上最理想的伴侣，过上了令人惬意的小日子。

罗辑的这番公器私用，可以说再次把自己毫无理想、平庸小人物的本色发挥到极致。他越是以田园牧歌式的生活展现自己的小人物形象，他和拯救人类世界这个目标就越是拉开了距离。这种力量上的极度落差直接导致读者强烈的阅读期待。很多读者都向笔者反馈，虽然另外三个面壁人的计划看起来高大上，但是没有激起他们的阅读欲望，顶多是一种阅读的新鲜感。而小人物罗辑田园牧歌式的生活让他们越读越期待，越读越爱不释手，大家都迫不及待地想知道，到底罗辑最终是怎么拯救人类世界的。

其实读者和作者有一种基本的默契，既然罗辑是主角，既然他占据了这么大的篇幅，最终拯救人类世界的就是罗辑。但是罗辑越平庸、越失败，这种期待感就越强烈，继续阅读的欲望就越强烈。

刘慈欣在写作的过程中，为什么使用这么多篇幅，不厌其烦地描写罗辑田园牧歌式的隐居生活？因为他深知，这大大加强了"谁"和"做什么"之间这个极度的反差。

恰恰是另外三个面壁人，他们的计划再高大上，也只是对罗辑的补充和反衬，他们始终只能承担配角的责任。

打个比方，对抗三体人就好比必须和世界最重量级拳王打拳击赛，弗里德里克·泰勒、曼努尔·雷迪亚兹、比尔·希恩斯就是世界最重量级拳王的三个挑战者。挑战者对阵世界最重量级拳王，没有反差构不成故事期待，也构不成读者期待。罗辑就像那个即将被业余拳击俱乐部扫地出门的倒霉蛋洛奇，他挑战拳王阿波罗就是完美反差构成的经典故事架构。

2. 章北海：钢铁英雄悲观逃跑

在《三体Ⅱ：黑暗森林》中，如果说罗辑是一号主人公的话，那么章北海就是二号主人公。甚至如果考虑到罗辑和章北海的故事各自发展，从未发生过交集，那么章北海可以比肩罗辑，并列《三体Ⅱ：黑暗森林》的一号主人公。

章北海和罗辑面临的是同一个困境，四百五十年之后，三体舰队将要来到太阳系，他们会消灭或者奴役人类世界。为了摆脱这个困境，罗辑最后悟出了黑暗森林法则，以对抗三体人。章北海则完全走向了另一条道路。

面对三体人的入侵，章北海选择的道路是带领一部分人

第一章
故事架构篇：破解《三体》故事构建之谜

类乘坐恒星级的宇宙飞船逃跑。在章北海的字典里，人类没有战胜三体人一丝一毫的可能性，可以拯救人类世界的方式只有一个：放弃大部分人类，带领一小部分人类的火种，去往下一个适宜人类生存的地方，重新开始人类文明的轮回。

如果以章北海为主人公，那么他的故事线中的"做什么"就是带领一部分人类彻底放弃地球，从此永远逃离太阳系。

这个选择包含了彻头彻尾的失败主义情绪，选择的前提就是决不相信人类可以在三体人的入侵之下幸存。章北海对这条道路的选择，就充分证明了他是一个对人类的能力、智慧高度失望的悲观的逃跑主义者。

如果章北海最后的"做什么"是代表了极度悲观的逃跑主义者的态度，那么开场的时候他是以什么形象出场的呢？

一个具有钢铁意志的英雄。

章北海出身于军人世家，对于他和家人来说，军人的荣誉就是一切，他们好像就是为了军人的荣誉而生的。章北海不但是一个军人，而且在军中担任的职位是一艘驱逐舰的政委。

政委在整个军队系统里是最特殊的一个职位。这个职位是主管思想工作的，也就是说，对于担任政委的章北海来说，他的本职工作就是对抗和消除军队里的失败主义情绪。消灭失败主义、建立必胜的信念是他的天职，也是他的家庭的使命。

章北海出场时就是一个具有钢铁意志的英雄，他具备了

资深编剧教你读小说
我们应该如何读《三体》

钢铁英雄需要具备的各种条件。在章北海接下来的行动中,他把一个具有钢铁意志的英雄,把一个坚强的对胜利充满信念和渴望的战士,表演得淋漓尽致。

在他刚刚被选入太空军之后,他首先直言不讳地指出,和自己搭档多年的驱逐舰舰长吴岳是一个彻头彻尾的悲观主义者、失败主义者。尽管吴岳技术能力出色,是富有经验的驱逐舰舰长,是难得的技术型人才,但是章北海指出,仅仅有技术、有经验,没有必胜的信念是不可能成功对抗三体人的。

吴岳这样一个老战友、老搭档,就这样被章北海戳穿了内心的失败主义情绪,颓然离开军队,浑浑噩噩度过了一生。

接下来,章北海又向上司常伟思指出,在太空军中,普遍存在一种失败主义、逃跑主义的情绪,因为面对的对手过于强大,所以除了要有过硬的技术、勇于创新的科学精神,同时新时代太空军的政治思想工作一刻不能松懈,一支只有技术、没有必胜信念的军队是无法打胜仗的。章北海在新时代太空军里重视思想建设,不愧是政委出身,他的太空军思想建设重要性的理念让军队的领导也高度重视。

再接下来,章北海甚至提出了政委支援未来计划。这个计划的思路就是派一群政委冬眠到末日之战来临之时,因为现在的军人还有可能培养出坚定的意志、必胜的信念,而四个半世纪之后的太空军到底思想建设如何,是不是弥漫着失败主义情绪，谁也无法预料。章北海的建议被军队高层采纳了，并且章北海被选为政委支援未来计划的一分子，将冬眠到末日之战前才被唤醒。

刘慈欣给了章北海最强有力的英雄的出场，又一步一步，反复提升章北海对胜利主义的渴望，他对身边失败主义乃至逃跑主义的情绪是最敏感的，也是最反感的。

刘慈欣越提升章北海身上的英雄主义，那么和章北海最后"做什么"，他对自己人生道路做出的选择就会形成极度的反差。

罗辑最终成为一个坚韧不拔的英雄，所以罗辑出场的时候是一个毫无理想的平庸小人物，而且后来的故事一再渲染罗辑身上平庸的部分，直接把他写成一个小人物的典型代表。这是为了把他的人物形象和后来的所作所为形成极度的反差，这种极度的反差形成了巨大的阅读期待，大大增加了小说的可读性。

相比罗辑前后的极度的反差，章北海的极度的反差正好相反。章北海最终成为一个充满悲观主义情绪的逃跑者，所以他的开场就是军人世家、政委出身、钢铁意志，一辈子在和失败主义情绪做斗争，是一个极度渴望胜利的英雄主义者。

章北海劫持蓝色空间号宇宙飞船逃跑，与平庸的洛奇挑战世界最重量级拳王阿波罗异曲同工。

如果说罗辑和章北海是《三体Ⅱ：黑暗森林》的双主人公的话，那么就是分属冰火的两极，一个从极度失败走向胜利，一个从极度胜利走向失败。

虽然两个人物走出的路径正好相反，但是所使用的手法是一致的，是一以贯之的。那就是要让"谁"（人物）和"做什么"（选择道路）之间形成极度的反差。这个反差是使得读者读来欲罢不能的核心手法。

刘慈欣在罗辑身上使用了这种技巧，在章北海身上同样使用了这种技巧。

3. 程心：六道轮回里的圣母心

《三体Ⅲ：死神永生》最核心的情节就是"谁来做执剑人"。

执剑人就是那个掌握着生死开关的人，一旦三体人对地球有什么越轨之处，执剑人就应该毫不犹豫地按下开关，把三体的坐标向宇宙广播，让人类世界与三体世界一起毁灭。这是罗辑设想的人类可以要挟三体人的唯一方法。

罗辑做执剑人已经整整半个世纪，他老了，需要有一个人来接替他。

《三体Ⅲ：死神永生》中"谁来做执剑人"这个命题，是整个故事的核心。

第一章
故事架构篇：破解《三体》故事构建之谜

到底谁是执剑人最合适的人选呢？其实，所有的读者用正常逻辑思维来判断，都觉得一定要选一个内心坚定、冷静，甚至有点冷酷无情的人来做执剑人。这个人不能被情感左右，在关键时刻，他能够下狠手毁灭两个世界。

换句话说，最好能选出一块冰冷的石头，毫无感情可言，那么他将要毁灭人类世界的时候毫不留恋，这样对三体人的震慑效果是最好的。越是可以毫不犹豫地毁灭人类世界，越是可以更好地保护人类世界，这是一种诡异的平衡。

这样，从逻辑上最符合执剑人条件的人物在《三体Ⅲ：死神永生》里是存在的，刘慈欣很细腻地描写了维德这个人物。

维德曾经是程心的上级，是战略情报部门的负责人，此人没有任何感情，他生下来好像就是一台机器，他一生仿佛都是按照设定好的程序来运行的。他见到程心的第一句话就是："你会把你妈卖给妓院吗？"这句话的含义就是：你要放弃一切感情、一切感性，像一块计时精准的瑞士表一样转动。这才是做顶级情报工作的准则，也是维德一生遵守的原则。

当挑选执剑人的时候，维德自认为是最合适的执剑人，但是当他意识到自己不能当选的时候，居然执行了一场冷酷的暗杀行动，想把程心一杀了事，丝毫不顾及两人曾经的合作关系。对于他来说，挡在前面的绊脚石，搬开即可。

资深编剧教你读小说
我们应该如何读《三体》

维德是一个完美的执剑人,甚至三体人也是这么认为的。三体人对维德进行评估后认为,如果他接任执剑人,那么三体人一旦对人类动手,维德按动两个世界毁灭按钮的概率是接近百分之百,而且概率稳定得像一条直线。

正是因为维德如此完美地符合执剑人的条件,所以一部精彩的吸引读者阅读而欲罢不能的作品,绝不会让他来做执剑人。维德只能是一个小小的配角,是用来衬托主人公程心的。

让维德做执剑人,就好像让世界最重量级拳王去挑战另一个世界最重量级拳王,在逻辑上顺理成章,这是现实运行的法则,不是小说写作的法则。

小说写作通行的法则,是让就要被扫地出门的业余拳击手挑战世界最重量级拳王,那样才好看。程心就是那个就要被扫地出门的业余拳击手。

如果说维德这辈子要守护的核心价值就是冷酷、理性、不带丝毫感情,程心这辈子守护的价值就是人类的感情,爱大于一切。

程心的心是真正的圣母心。

程心的成长经历向我们揭示了一切。

程心是一个被丢弃在公园长椅上的孤儿,被一个年轻女孩发现。年轻女孩原本想把这个女婴交到派出所,然而在和女婴相处了一夜之后,年轻女孩决定自己抚养这个女婴。

第一章
故事架构篇：破解《三体》故事构建之谜

这个年轻女孩把所有的爱都给了没有血缘关系的女婴，给她取名程心。这个年轻女孩的感情之路极不顺利，因为只要谁对程心表现出任何一点厌烦，她就会离开他，她这辈子就是程心的守护神。

程心能活着，程心能成长起来，都是因为养母的一片爱心。

后来，养母找到了自己的真爱，而养父丝毫没有嫌弃程心，三个人快乐地生活在一起，直到程心长大。对于程心来说，她的家、她的一切都是因为人类的爱而凝结在一起的。

所以，程心的人生准则就是守护人类的爱，她是一个真正具备圣母心的人，但也是内心最柔软、最感性、最怀念人类世界的美好的人。

三体人对程心的威胁度评价是在百分之十上下浮动，所以一旦程心接任执剑人，三体人会立刻对人类世界发动进攻，程心根本狠不下心毁灭两个世界。后面一切烦恼的根源都是程心做执剑人时几分钟的犹豫。

对于人类来说，一旦没有了执剑人的要挟，面对三体人的入侵，人类就陷入了万劫不复、六道轮回，而程心就是六道轮回里的圣母心。

程心大概最不适合做执剑人，但是刘慈欣偏偏要让她做执剑人，这就让"谁"（程心）和"做什么"（做执剑人）形成了一个极度的反差。

罗辑是小人物拯救人类世界，章北海是钢铁英雄悲观逃跑，而程心则是把一颗圣母心扔进了六道轮回之中。书中三位主人公故事的写作手法和技巧，几乎如出一辙，刘慈欣反复使用这种形成极度的反差的手法，以此来增强小说的可读性和提高读者的期待感。

二、结构性缺陷：破解《三体》阅读困难之谜

罗辑、章北海、程心的故事都采用了形成极度的反差这种写作手法，所以才能让读者产生巨大的阅读快感，读起来欲罢不能。

那么，《三体》第一部《地球往事》里的叶文洁和汪淼呢？

《三体》第一部的阅读快感要远远低于后两部。笔者身边很多读《三体》的朋友，很容易在读第一部的时候放弃阅读这部小说，甚至很多读者直接迷失在前六章中，等不到第七章"疯狂年代"的到来，就已经放弃阅读了。

大家公认的感受是，《三体》第一部的可读性要远远弱于后两部，一旦你能够完整仔细地读完《三体》第一部，就好

第一章
故事架构篇：破解《三体》故事构建之谜

像穿过了一个峡谷，破掉了一个瓶颈，到了第二部《黑暗森林》，你就会有一种一马平川、豁然开朗的感觉。笔者从未听说有人在阅读《黑暗森林》时就放弃阅读这部小说，反而读者的反馈都是一口气读完了《黑暗森林》乃至第三部《死神永生》。

更有趣的是，《三体》第一部最容易让人放弃阅读的是前六章，到了第七章"疯狂年代"，阅读的体验感大大增强。为了避免读者直接从前六章就放弃阅读小说，读者群里自发流传着一个改变阅读顺序的方法。

直接跳过前六章，从第七章"疯狂年代"开始阅读。 等读完第七章、第八章、第九章之后，再补看前六章，可以大大减少阅读障碍。

直到现在，很多文学网站呈现的《三体》第一部的章节划分，其开篇就是第七章"疯狂年代"。这些文学网站完全认可了读者自己调整的阅读顺序，因为一旦调换了阅读顺序，阅读的愉悦感就会大大增加。

读者聪明地调换阅读顺序，甚至在某种程度上参与了作者的创作。那么，究竟为什么《三体》第一部的阅读感大大低于后两部？为什么《三体》第一部前六章是整套《三体》小说里阅读感最弱的，是最让人昏昏欲睡的章节？

《三体》第一部在构建核心故事的时候，有一个结构性缺陷，这个缺陷是作家写作的大忌，导致后面一系列问题接踵而至。

一部作品最关键的故事核是"谁去做什么"，《三体》后两部的"谁去做什么"清晰而明朗，而且"谁"和"做什么"之间可以形成极度的反差。

《三体》第一部的女主角叶文洁不具备这个质感的故事核，所以整部小说的阅读性大打折扣。

叶文洁在《三体》里没有一个主动"做什么"的目标，她在《三体》第一部的所有经历，概而言之：反应，反应，还是反应。

罗辑主动寻求如何在三体文明里拯救人类世界，章北海主动寻求为人类世界保留一颗生命种子的方法，程心主动寻求如何从高级文明的打击中拯救太阳系里的生命。

不管《三体》的第二部《黑暗森林》和第三部《死神永生》写得多么洋洋洒洒，主人公始终遵循他们的故事核向前推进。这个故事核推进的关键点在于"主动"去做什么。

叶文洁在《三体》里的人生经历不可谓不丰富，她的一生都被刘慈欣用细腻的笔触描写出来，但问题在于她的人生都是"被动"的反应。

父亲被批斗致死以后，叶文洁来到北大荒，躲避世事纷争。这是她对环境做出的反应，也是一种无奈。

第一章

故事架构篇：破解《三体》故事构建之谜

叶文洁在北大荒做知青，被报社记者出卖，差点被打成反革命，她决定进入红岸基地，愿意一辈子在红岸基地工作，放弃外边的人生。这又是她对环境做出的反应，也是一种无奈。

叶文洁在红岸基地做技术工作，她选择和杨卫宁结婚生下女儿杨冬，她选择把自己的研究成果让政委雷志成无偿占有，这仍是她在红岸基地趋利避害的无奈反应，她没有其他选择。

直到二十世纪八十年代改革开放，红岸基地的保密等级一再下降，最后红岸基地被废弃，叶文洁回到大学教书，直至退休。这还是她对环境做出的反应。

叶文洁做过的最激烈的一件事，就是锯断了绳索，直接导致雷志成和杨卫宁的死亡。在这里她确实"主动"搞了一场谋杀，但起因是什么呢？雷志成发现了她私自使用红岸基地的设备和外星文明联络的证据，她本来就是所谓的"阶级敌人"，又被雷志成拿捏住这一点，眼看就要死无葬身之地，这时她不得不趋利避害，选择杀死雷志成自保。

如果她和三体人联络的证据没有被雷志成发现，她在红岸基地就和雷志成相安无事，直到红岸基地被废弃，她和雷志成便再无瓜葛。叶文洁的谋杀也是一种对环境做出的反应，是无奈之举。

叶文洁的人生基本上就是一个反复跟着时代的潮流，反复做出反应的历程,她做出的大量的反应也只不过是趋利避害而已。

所以,罗辑、章北海、程心都可以用"谁去做什么"来归纳其故事核,而故事核又使用极度的反差来增加阅读快感,叶文洁则不然。

叶文洁的故事并不是没有设置极度的反差,叶文洁的整个故事里根本就没有她"主动"要做什么。给主人公设置目标,本来就是吸引读者阅读的一个钩子,可以吸引读者往下阅读。如果在"谁"和"做什么"之间再加入极度的反差,那么这就是一个完美的钩子。叶文洁这个人物从一开始连主动"做什么"都没有设置,那么钩子本来就不存在。

叶文洁的"反应、反应、再反应"的故事核从一开始就注定了《三体》第一部《地球往事》的阅读快感会大大低于后两部作品。这是《三体》第一部写作的结构性缺陷,是从故事核设置开始埋下的炸弹。

三、《三体》:光吃饺子也能吃饱

既然叶文洁的故事核设定有结构性缺陷,那么《三体》第一部《地球往事》是如何吸引读者的呢?《三体》第一部的

第一章
故事架构篇：破解《三体》故事构建之谜

可读性虽然弱于后两部，但是仍然具备相当的可读性，《三体》第一部的读者、粉丝也众多。

虽然《三体》在故事核的设定上有结构性缺陷，但是它在其他方面的可读性非常强。

首先，《三体》呈现了卓越的想象力。

刘慈欣在小说中讲述了整个三体文明的状况，三个太阳的引力互相影响，导致整个三体文明在适宜生存的恒纪元和不适宜生存的乱纪元之间来回切换，三体人一直想要找到精准预测恒纪元的方法。

三体文明有高度发达的科技，远远超越人类世界，但是三体人是直接用思维交流的，他们把用嘴巴、声音交流，当成人类文明落后的标志，但是正因为三体人直接用思维交流，他们不会撒谎，不会口不应心，他们没有发展出自己的谋略。所以，对于三体人来说，《三国演义》让他们大开眼界。人类希望学到三体人的科技，三体人则希望学到人类的谋略。

这些对三体文明的精准描述，让读者赞叹不已。以前的很多科幻作品，对外星人的描述是平淡的，往往只是简单描述它们的外形，或者具备哪些高科技，充其量写写外星人神奇的飞船降临的瞬间，而《三体》几乎创造了一个完整的三体文明世界。

实际上，即使不把这些内容放到故事中，即使把刘慈欣

资深编剧教你读小说

我们应该如何读《三体》

对三体文明所有想象的文字都单独拿出来欣赏，很多读者都会被脑洞大开的想象力所吸引。就像你看一场精彩的舞剧，你当然可以完整地欣赏剧情，但是如果把剧情剥离出来，单独看舞剧里的一段段舞蹈，观众也可以看得津津有味。

其次，《三体》使用了精彩的悬疑手法。

《三体》第一部从整个小说结构上来说，接近于一部悬疑小说。小说开场的时候，已经是叶文洁的晚年了；小说开始的时候，是故事剧情接近高潮的前夕。

小说一开场，科学家汪淼就经历了种种怪诞。世界上伟大的物理学家纷纷自杀，警方表现怪异，对他们调查事件的意图遮遮掩掩，不符合物理学定理的实验数据开始出现，这些混乱的数据几乎要击破整个物理学的基础。汪淼这个摄影爱好者的眼前开始出现倒计时，这种倒计时在眼前不停闪现，但是他的身体、眼睛查不出任何问题。

面对种种怪诞的经历，于是汪淼出发去探究这一切背后的根源。然而当他深入探究的时候，却发现，所有对这些事情有所了解的人，都三缄其口，好像心事重重。每一个人都遮遮掩掩，似乎这些事情背后有一个巨大的秘密，现在众人都给这个秘密戴上了神秘的面纱。

这是惯用的悬疑小说的写作手法，从接近故事高潮的部分开场，由主人公（通常会设定为一个侦探）去追寻重重迷雾

第一章
故事架构篇：破解《三体》故事构建之谜

背后可怕的真相。

悬疑小说借助主人公的视角，把整部小说发展成一个探寻、解密的过程，这种手法本身就可以吸引读者。我们耳熟能详的《鬼吹灯》《盗墓笔记》等小说作品，都使用了这种先呈现怪诞的结果，再由主人公去探寻、解密的手法。

那么，既然《三体》第一部有这两个优势，为什么阅读感大大弱于《三体》后两部小说呢？

客观来说，《三体》第一部如果单独拿出来和其他小说比较，它的阅读感是出色的，其成熟的悬疑小说的写法，脑洞大开的想象力的展现，乃至精彩的生活细节展示，会让大家觉得这是一部阅读感极佳的作品。

但是《三体》后两部《黑暗森林》与《死神永生》过于出色，以至于和后两部相比，第一部《地球往事》因为故事核的结构性缺陷，可以说相形见绌。

第二部《黑暗森林》的想象力难道不够丰富吗？四个面壁人对抗三体人，罗辑用黑暗森林法则来要挟三体人，曼努尔·雷迪亚兹的水星坠落计划，比尔·希恩斯的思想钢印计划，都是脑洞大开、想象力爆棚的产物。在第三部《死神永生》里，想象力的盛宴达到了极致。掩体计划、黑域计划、光速飞船计划乃至最终高级外星文明摧毁太阳系的降维打击，都是最精彩的想象力的展现。

资深编剧教你读小说

我们应该如何读《三体》

《三体》后两部难道没有使用悬疑手法吗？第二部《黑暗森林》里，一个小人物罗辑被莫名其妙地带走，还远涉重洋，警察对他二十四小时全方位保护，把他弄得一头雾水。一开始他以为自己被当成犯罪嫌疑人调查，然而后来发现这些警察是把他当成一个大人物看待，但是到底要带他去哪里，到底他这个小人物为什么被当成大人物看待，所有人都三缄其口。直到罗辑被带到联合国大会上，他被任命为面壁人。当罗辑惊讶于默默无闻的他为什么会被选为面壁人的时候，所有人又三缄其口，让他自己去探究背后的秘密。

这也是经典悬疑小说的写作手法，先呈现结果，由主人公自己去探寻、解密，一步一步揭露背后隐藏的可怕真相。

所以，从悬疑手法的运用来看，《三体》很成功。从脑洞大开的想象力来看，《三体》三部小说并驾齐驱，并没有谁高于谁。但是为什么《三体》第一部的阅读感远远弱于后两部，关键还在于《三体》第一部没有明确主人公去做什么。叶文洁的所作所为更多的是反应，这样就没有一个剧情的故事核，没有一个钩子吸引读者往下阅读。

如果把阅读《三体》当成是吃饭，《三体》后两部《黑暗森林》和《死神永生》相当于上了几道菜肴，有龙虾、鲍鱼、海参等，最后再给读者端上来一盘主食饺子。《三体》第一部就相当于只端上来一盘饺子，读者的待遇降级了，可是即使光吃饺子也能吃饱。

四、《三体Ⅰ：地球往事》：一篇超长的序言

《三体Ⅰ：地球往事》在故事核设计上有结构性缺陷，但是换一个角度来看，这个结构性缺陷似乎具有另一种意义。

如果将《三体》三部小说当成一个整体来看待的话，那么《三体》从第二部《黑暗森林》开始，从人类知道四个半世纪之后，三体人将入侵人类世界，人类真正去寻找应对三体人入侵的对策开始，才算是进入真正的主题。

《三体》的正文可以从面壁人计划构思开始，这时《三体》真正的故事核"谁去做什么"才正式启动。

如果这么看《三体》，那么《三体Ⅰ：地球往事》可以被视作一篇超长的序言，是《三体》整体的正文开始前，一个必需的详细介绍。《三体》背后的世界观非常宏大，刘慈欣几乎构建了一个三体文明世界，还用周文王、秦王、墨子、牛顿这些人类历史的元素去类比这个世界，构建外星文明的世界需要足够的篇幅。这是这篇超长序言存在的必要性。

这篇序言因为篇幅很长，而且被单独结集出版，所以被当成一部独立的小说来看待。这时，我们就会发现它缺失了重

要的故事核。用一部完整、独立的小说的标准来看待一篇超长的序言，其实是不公平的。

五、《三体Ⅰ：地球往事》前六章：冗长而缓慢地入戏

为什么《三体Ⅰ：地球往事》前六章的阅读感不佳，甚至造成一定的阅读障碍？为什么很多读者选择从第七章"疯狂年代"开始阅读，会增加阅读的愉悦感？

原因是前六章入戏的速度太慢，介绍的信息太多、太庞杂。

《三体》真正的主角是叶文洁，刘慈欣很细腻地写了叶文洁的一生，她的遭遇和选择，将她的性格展现得活灵活现。从那个教授叶哲泰的女儿，一个单纯开朗的小姑娘开始，一直写到地球叛军的精神领袖——老太太叶文洁。

从小说篇幅上来说，汪淼似乎也占据了很大的篇幅，但汪淼始终是一个结构性人物，是作为带出故事、交代剧情、构建世界观的工具。就好像侦探小说里查案的神探，他是推进故事的工具，是一个展开故事的视角。

《三体》第一部前六章里，真正的主角叶文洁的故事没有展开。虽然老年的叶文洁惊鸿一瞥，但那只是她人生中一个小

第一章
故事架构篇：破解《三体》故事构建之谜

小的碎片而已。从汪淼这个视角带着大家上天入地，遇到了一系列怪诞的事件。如果一两件怪诞的事情发生，用一种悬疑的手法引起读者的兴趣，算是悬疑小说的正常开场的话，那么读者期待的是迅速切入故事，进入"叶文洁的人生"这个正题。但是前六章篇幅太长了，切入故事的速度太慢了。小说的篇幅已经超过六分之一，《三体》第一部真正的主角叶文洁的故事尚未展开，读者当然容易出现困倦，出现阅读障碍。

　　《三体》第一部前六章不但篇幅很长，而且交代的信息量还很大。第四章"三体、周文王、长夜"，直接开始给读者交代三体文明世界运行的法则。乱纪元，恒纪元，三个太阳的引力互相影响，《三体》的世界观已经扑面而来。如果有精彩的剧情做支撑，有细腻的人物来带领，有一个强有力的故事核为基础，那么读者可以津津有味地欣赏充满想象力的世界观的展现。

　　在章北海钢铁英雄悲观逃跑的故事里，关于蓝色空间号上新的伊甸园的建立，刘慈欣不厌其烦地写他们如何开会，如何商议，如何表决，如何决定，如何设立规则、建立宪法，读者读得兴趣盎然。读者能够饶有兴趣地接收这么多信息，是始终有一个钢铁英雄悲观逃跑的故事核在背后支撑。没有故事核支撑，甚至《三体》第一部的真正主角叶文洁的故事还没有展开一个字，就直接给读者介绍三体文明庞杂的世界观，读者的阅读体验当然不佳。

从第七章"疯狂年代"开始,叶文洁的故事才真正展开,这就是为什么读者愿意从第七章"疯狂年代"开始阅读的关键。单刀直入,直接从年轻的叶文洁切入故事,是多么畅快、多么舒畅。

在叶文洁的故事真正展开之后,在看到叶文洁被迫进入红岸基地,但是在这里居然有机会和外星文明联络这些主线故事之后,再回头看"三体、周文王、长夜"这样世界观的铺垫,读者的阅读体验就会彻底改观。

《三体》很成功、很出色,但是毋庸讳言,第一部前六章入戏太慢,铺垫过于冗长,是写作上一个很大的失误。在这里,读者帮助作者矫正失误,用先读第七章,强行入戏的方式来规避作者的失误。

六、生旦净末丑俱全,末日来临的众生相

张援朝昨天办完了退休手续,离开他工作了四十多年的化工厂,用邻居老杨的话说,今天他要开始自己的第二童年了。

(《三体Ⅱ:黑暗森林》第17页)

第一章
故事架构篇：破解《三体》故事构建之谜

邻居杨晋文是退休的中学教师，他常常劝张援朝，要想晚年幸福，就得学新东西，比如上网，小娃娃都能学会，你怎么就不能学呢？

（《三体Ⅱ：黑暗森林》第18页）

进来的是苗福全，是住在这一层的另一个邻居。这人是山西的煤老板，在那边开着好几个矿。

（《三体Ⅱ：黑暗森林》第21页）

张援朝、杨晋文和苗福全，三位老大爷的故事是《三体》里非常次要的一条线索。这条线索占据的篇幅很小，浮光掠影，交代几笔，很快这条线索就走到了尾声。

这条线索不仅占据的篇幅很小，而且也没有什么想象力。相比于蓝色空间号上四维空间的神奇，相比于比尔·希恩斯思想钢印计划的奇诡，相比于曼努尔·雷迪亚兹水星坠落计划的绚烂，三位老大爷的故事几乎寡淡如水。三位老大爷看看新闻，吵吵架，买买墓地，很快这条线索就被湮没在历史的尘埃里。

三位老大爷的故事没有瑰丽的想象力，也不是作者要刻意隐藏什么重要的线索，做什么重要的铺垫。最后，罗辑想出了拯救人类世界的黑暗森林法则，《三体Ⅲ：死神永生》中拯

我们应该如何读《三体》

救人类世界的掩体计划、黑域计划、光速飞船计划等主线情节和三位老大爷的北京退休生活没有一丝一毫的联系。

三位老大爷的故事在《三体》这样充满想象力的科幻小说中，一是缺乏宏大的想象空间，二是没有提供重要的线索和铺垫，因此很容易被读者忽略。在大家讨论《三体》，思想激烈碰撞的时候，鲜有讨论这条线索的。似乎写张援朝、杨晋文和苗福全的故事，只不过是体现平日看看联合国新闻的普通人对拯救人类世界的各式各样计划的反应而已。从剧情上来说，即使这条线索被删除，也完全不会影响《三体》主线故事的发展，这条线索似乎是闲笔中的闲笔，是可有可无的情节。

这种想法大错特错，三位老大爷的故事是刘慈欣精心设计的重要线索，其他故事线索多一条少一条也许无伤大雅，但是三位老大爷的故事在《三体》里的重要性独一无二。

《三体》作为一部宏大的科幻小说，是讲述人类如何应对四个半世纪后三体人对人类世界发动战争的故事，既然《三体》的主线故事是这样设定的，那么《三体》故事的主角必然是大人物。世界顶级的科学家，世界顶级的政治家、战略家，国家元首，联合国秘书长，太空军的高级军官，等等。即使是罗辑，开场虽然是一副颓废的小人物模样，但他毕竟是博士，是大学教授，很快也被选为联合国指定的面壁人，手里有可以无限调动的资源。《三体》从故事设定上来说，注定是一个大人物亮相的舞台,其场景就是联合国大会、太空军总部、顶级科学实验室,等等。

在这些顶级宏大叙事的渲染之下,《三体》需要一条线索来中和一下宏大叙事,需要一条专门写普通人生活的线索,写几位退休老大爷的晚年生活,写几位退休老大爷面对三体人入侵时的生活遭遇,来做一个平衡。

这条普通人的生活线索让小说的层次丰富起来,描写了各个阶层面对三体人入侵时的反应和选择,描摹了末日来临时生旦净末丑俱全的众生相。

是不是一部长篇小说,都需要写社会的各个阶层,描摹一副社会的众生相?倒也未必,这要看作家的审美选择。

有些作家并不追求全景式的描写,他就喜欢写单一阶层,写某些人的人生际遇,把作家熟悉的这个阶层写得生动细腻,这也是一种写作思路。

钱锺书写《围城》,所有的笔墨都集中在对知识分子的描写上,而且是以上层知识分子为主,他的小说基本上写的是海归博士、大学教授、哲学家、艺术家或者是装腔作势的伪哲学家、假艺术家、大商人、银行家,即使表现农村也多写乡绅士族大家庭。作者很少写普通的工人、农民、市井小人,一方面是因为作者的审美追求,本来这些人物就不在他的视野范围之内;另一方面也可能是作者对这些人物的生活不够熟悉,要写也写不好,所以干脆放弃。

同样,很多读者都说,《明朝那些事》应该改名叫"明朝内阁那些事",这部洋洋洒洒的小说基本把叙事的焦点放在明朝内阁上层的政治权力斗争上。

比较单纯地写一个阶层,把描写的焦点放在较为狭窄的范围内,也可以构成一部出色的作品,但是这样写有一个天生的缺陷:小说的格局没法打开,小说写得再精彩,格局也仅仅是小巧而已。

所有顶级的经典的可以载入史册的名著,几乎都是全景式的小说,几乎都是生旦净末丑俱全的审美追求。

在很多人看来,《红楼梦》是一部纯粹写贵族生活的小说:大观园里的莺歌燕舞,富豪宴席上的觥筹交错,宁荣两府里的那点事。其实,持这种观点的人没有真正读透《红楼梦》。《红楼梦》第二十四回"醉金刚轻财尚义侠",写的就是市井小人物醉金刚倪二,这半回写的就是市井生活。《红楼梦》的主要故事固然集中在贵族生活,集中在莺歌燕舞的大观园里,但是曹雪芹毕竟还是把某些笔触伸向了市井生活,写到了底层生活的现状。

以写贵族大家庭的生活为主,在次要线索上兼顾市井小民的底层生活,这才构成了《红楼梦》丰富的层次和全景式小说的审美追求。正是因为醉金刚倪二这貌似枝叶闲笔的重要性，故脂批说此节乃"书中必不可少之文"，此人乃"必不可少之人"，又说"今写必在市井俗人身上又加一'侠'字，则大有深意存焉"。

刘慈欣写三位老大爷的北京退休生活，其实就如同《红楼梦》写醉金刚倪二，虽然是次要线索，但从审美上来说必不可少。

刘慈欣写《三体》，他显然不仅仅是想写一部精致小巧的科幻小说而已，他的追求是经典小说，是全景式的小说，是经过五十年、一百年以后，后人可以把这部小说和《西游记》《三国演义》《水浒传》《红楼梦》并列。

我们破解《三体》的故事构建之谜，从作者的审美追求上来说，从扩大小说的格局上来说，这条次要线索显得极其重要。

七、怎么选都是错，怎么选都是人性的悲剧

《三体》在构建故事的时候，还有一个精巧之处，就是非常善于设置两难选择，让人物始终面临一个怎么选都是错的局面，让人物怎么选都变成一场人性的悲剧。

比如剧情推进到水滴以一己之力，团灭了人类太空舰队。

资深编剧教你读小说
我们应该如何读《三体》

这时,剩下的五艘太空飞船,决定彻底离开太阳系,永远离开人类世界,飞行上千年,去往下一个适合人类生存的恒星系,去寻找下一个人类家园。这是人类留下的唯一火种。

这是在三体人的攻击下,拯救人类世界的唯一方法。章北海的一生就是为了这个理想而活的。

在永远离开太阳系之前,在开启这段上千年的宇宙航行之初,这些人甚至开了全体大会,用投票的方式建立宪法,建立星际飞船上新世界的秩序,这成为人类的第二个伊甸园。

这一切本来显得浪漫而富有诗意,似乎把人类的理性和伟大展现到了极致。然而接下来立刻给了全体船员一个怎么选都是错的超级困境。

资源是有限的,燃料配件是有限的,必须把五艘太空飞船的资源集中到一艘太空飞船上,才能让那艘太空飞船有机会飞行到宇宙中的下一个补给点。换句话说,能够飞行到下一个恒星系补给点的太空飞船,必须在出发前残忍地杀死另外四艘太空飞船的人类同伴,把他们的资源据为己有。

谁心存善念,谁就会被消灭,谁残忍,谁心狠手辣,谁才能活下去。

    明确了。

    明确了。

第一章
故事架构篇：破解《三体》故事构建之谜

一部分人死，或者所有人死。

(《三体Ⅱ：黑暗森林》第 416 页）

别这样。

别放弃。

不放弃？

不放弃！因为别人不会放弃，我们放弃了，就会被逐出伊甸园。

为什么是我们？

当然也不应该是他们。

谁都不应该是。

但总有人被逐出，伊甸园只能容下数量有限的人。

(《三体Ⅱ：黑暗森林》第 416 页）

这是笔者见过的全书中最让人心碎的文字，蓝色空间号上的每一个人都不想当凶手，每一个人都刚刚放弃了地球上所有的人类同伴，一起飞向茫茫深渊。他们都倍加珍惜身边剩下的这些人类同伴，但是这时就得选择杀死自己身边的同伴求生。

这是一个怎么选都是错的两难选择。

我们应该如何读《三体》

第一种选择是杀死同伴，窃取他们的太空飞船上的资源，让幸存的人变成杀人凶手，带着杀死同伴的罪恶，踏上千年的漫漫旅程。

第二种选择是所有人都不愿意双手沾上鲜血，所有人都为了保持自己的道德感，那么所有人都一起死，为人类保留的最后的火种熄灭，让人类找到下一个家园的努力全部葬送。

"一部分人死，或者所有人死"，两个可怕的结果，杀死同伴的杀人凶手和葬送人类希望的罪人，必须主动选择一个。

蓝色空间号上的这个两难选择，几乎相当于对人性进行了一次终极拷问，让读者感到无比揪心。读者的心上一刻还在赞叹制定太空宪法的伟大和理性，这一刻就被人类无奈之下的暗黑选择击得粉碎。这是在小说中呈现了一个古希腊悲剧故事。

用这种两难的选择让读者的心颠来荡去，这是《三体》能够始终吸引读者的精妙之处，也难怪奥巴马都会读得欲罢不能。

在《三体Ⅲ：死神永生》中有一个场面，也是逼迫人物做出两难选择的典型场面，这个场面产生的人性悲剧，丝毫不亚于蓝色空间号上的那个选择。

在《三体Ⅲ：死神永生》的剧情里，三体星系的坐标已经向宇宙广播，宇宙里潜伏的那些拿着枪的猎手，已经用光粒

第一章
故事架构篇：破解《三体》故事构建之谜

毁灭了三体星系。由于三体星系曾经和地球有过联络，因此地球的具体坐标也暴露在黑暗森林中的宇宙猎手的枪口下。

人类都在等着毁灭地球的这发子弹降临。这时，程心和搭档 AA 得到了消息，这发毁灭地球的子弹已经奔向地球，他们必须乘坐星环号飞船，立即离开地球，才能逃避这场浩劫。

然而在太空穿梭机的发射平台上，已经人满为患，所有人都在经历这一场宇宙大逃亡的浩劫。在这里，程心和 AA 又一次碰到了令人撕心裂肺的两难选择。

太空穿梭机的发射平台上有一个女教师，带着一群小学生，正在焦急地寻找可以进行宇宙逃亡的飞船。这几十个小学生年龄不到十岁，都穿着漂亮的校服，一起怯生生地跟在女教师身后，他们知道，对于他们来说，这可能是唯一生存的机会。

如果星环号飞船没有空间，那么就是作者在这里回避了问题，没有设置两难选择的场面。如果星环号飞船有足够的空间可以装载所有学生，那么同样这个问题不存在。然而刘慈欣从来不会放过这种场面，在这里他一定要让人物进行一个两难选择，让人物怎么选都是错，怎么选都是人性的悲剧。

星环号飞船上只有三个座位，也就是说，现在程心要面临一个选择：要么即使有座位也不让任何一个小学生上船，这等同于见死不救，杀死所有人；要么选择让三个小学生上船，虽然拯救了三个人，但是等于亲手把其他孩子生的希望全部毁灭。

再一次出现了"一部分人死，或者所有人死"的困境，这个困境和蓝色空间号上的困境一模一样，怎么选都是充当杀人凶手，怎么选都是人性的悲剧。

更可悲的是，这件事没有拒绝选择的空间，因为如果拒绝选择，就等同于直接选择杀死所有人。

这个必须做杀人凶手的选择，特地交到了拥有圣母心的程心手里，她当然立刻拒绝做出选择，对于她来说，她只相信爱是这个世界的唯一，她的人生就是为爱而生的，怎么能充当杀死这些孩子的凶手呢？那个年轻善良的女教师也拒绝做出选择，这时只能由 AA 做出选择。

AA 作为几个世纪之后出生的新人类，她倒是毫不犹豫地做出了挑选三个孩子的选择。也许那个年代的人经历了太多需要选择的困境，对于他们来说，始终在三体人要毁灭人类世界的阴影下生活，他们已经习惯于做这些无奈的选择。

至于 AA 如何挑选这三个孩子，让人叹为观止。

……"同学们听着，我出三道题，谁先答对我们就带谁走。"她不理会程心和女教师吃惊的目光，竖起一根手指，"第一题：有一盏灯，关着，一分钟时闪亮了一下，再过半分钟又闪亮一下，再过十五秒再闪亮一下，以后就这样每过前面间隔时间的一半就闪亮一下，请问到两分钟时灯闪亮了多少次？"

"一百次！"有孩子脱口而出。

AA 摇摇头，"不对。"

"一千次！"

"不对，好好想想。"

一阵沉默后，响起了一个怯生生的声音，来自一个文静的小女孩儿，在嘈杂的噪声中几乎听不清："无数次。"

"你，过来。"AA 指着那个女孩儿说……

（《三体Ⅲ：死神永生》第 323 页）

一道智力测试题，让这个女孩儿脱颖而出，成为可以登上星环号飞船的幸运儿。后面 AA 出的两道题都是智力测试题，又有两个孩子脱颖而出，因为智商高、反应敏捷而得到生的希望。

第一次阅读到这里，读者本能地觉得，这是当时情况下一个完美的选择，保留下来的幸运儿是智商出色、头脑灵活的精英，但是细心一想，这里却有一个巨大的悖论。

为什么要用智力测试的方法来选择留给谁生的希望？智

资深编剧教你读小说

我们应该如何读《三体》

力高的人天生就应该被拯救，智力低的人天生就应该被放弃吗？如果人类世界以此作为评判标准，那么人类世界哪还有善良可言？人类世界哪还有爱可言？这不是又回到那个弱肉强食的丛林法则时代了吗？

这里为什么不采用抽签，不采用投票，恰恰是采用智力测试的方法来挑选幸运儿？看来在那个环境下，虽然到处是太空穿梭机，到处是宇宙飞船，到处是让人眼花缭乱的高科技产物，但是人类的意识不但没有进化，反而退化到了蛮荒时代，反而再次回归了原始社会的丛林法则时代。

更有意思的是，当三体人入侵地球的时候，强行要求所有人类都迁徙到澳大利亚，然后三体人发布了一个灭绝人类的恐怖宣言。

"生存本来就是一种幸运，过去的地球上是如此，现在这个冷酷的宇宙中也到处如此。但不知从什么时候起，人类有了一种幻觉，认为生存成了唾手可得的东西，这就是你们失败的根本原因。进化的旗帜将再次在这个世界升起，你们将为生存而战，我希望在座的每个人都在那最后的五千万人之中，希望你们能吃到粮食，而不是被粮食吃掉。"

（《三体Ⅲ：死神永生》第170页）

第一章
故事架构篇：破解《三体》故事构建之谜

这段宣言把三体人对人类世界的残酷写到了极致，他们让所有的人类在大陆上厮杀，让他们互相用对方的身体作为食物延续下去，每一个人变成捕猎者或者变成猎物，这就是他们带给人类的现实。人类被迫又回到了人吃人的蛮荒时代，被迫回到了丛林法则时代。

三体人用自然法则对人类世界进行底部淘汰，身强力壮的人会被自然选出来，生存下来，那些身体弱小者将被当成食物吃掉，被自然进化放弃，我们把他们当成屠杀人类的凶手，使用最残忍的手段。

那么，当人类面临选择困境的时候，我们的选择是什么呢？我们也用自然法则对人类世界进行底部淘汰，聪明的人被自然选出来，生存下来，那些智商不高的人被自然进化放弃。我们和三体人做了同样极端残忍的事，我们也在执行极端的丛林法则。我们有资格指责残忍的三体人吗？

刘慈欣只给出了自己的问题，没有任何回答，只有冰冷的剧情，留给读者深深的思考。

《三体》故事的精彩之处就是始终用两难选择的困境来刺激读者的感情，激荡读者的情绪，除此之外，还留给读者深思的余韵。

八、许下的承诺，超额兑现，满足各种猎奇的期待

《三体》拥有一个强劲有力的故事核，故事核里极度的反差为剧情和人物的推进提供了无穷的动力。但是只有精彩的剧情、细腻的人物是不够的，《三体》让人读来欲罢不能的另一个诀窍就是：超额满足读者对科幻的想象，各种科幻想象力的奇观琳琅满目。

科幻小说作为一种类型小说，本身就带给读者一种特殊的期待。

读者在阅读科幻小说的时候，除了寄希望于小说剧情精彩，一气呵成，人物细腻，令人印象深刻以外（这些是读者对所有小说期待的共性），最重要的是期待科幻小说作家构建一个精彩的未来世界。

作家既然选择写科幻小说，读者就有这方面的期待。就像阅读武侠小说，那么读者不但想看到郭靖、黄蓉、杨过、小龙女，还期待看到降龙十八掌、九阴真经、黯然销魂掌、弹指神通，更期待看到一个充满想象力的武侠世界。

就此而言，刘慈欣的《三体》可谓超额满足了读者的期待，各种科幻想象力的奇观接踵而至，让读者目不暇接。

当人类面临三体人的入侵，四个半世纪后就要灭亡，这

时主人公罗辑从宇宙的猜疑链和技术爆炸的原点出发，领悟到了宇宙的黑暗森林法则。他用向宇宙广播太阳系坐标的方式，用其他更高级的文明，也就是黑暗森林里潜行的猎手毁灭太阳系和三体星系为筹码，要挟三体人，达到拯救人类世界的目的。

这个主线故事的想象力已经是爆棚的存在，刘慈欣是用一己之力在小说里构建了自己的宇宙法则。他构建的宇宙法则虽然充满想象力，大胆新奇，但也来源于对现实生活的提炼。猜疑链和技术爆炸并不是纯粹想象的产物，有一定的现实基础，可以说宇宙的黑暗森林法则是依据现有科技和历史的合理想象。

主线故事已经非常具有想象力，已经充分满足了读者对于科幻小说未来世界描写的期待，但是刘慈欣呈现给读者的想象力的盛宴还远远不止于此。

罗辑完成的只是《三体Ⅱ：黑暗森林》里的主线故事，他只是其中一个面壁人而已。当然，罗辑是那个最终完成拯救人类世界计划的成功的面壁人，其他三个面壁人的计划在科幻想象力的呈现上，也丝毫不逊于罗辑这个主线故事。

"假设最后真的得到了那一百万颗甚至更多的恒星型氢弹，您就会像对PDC承诺的那样，把它们全部部署在水星上,如果在水星的地层中引爆这些氢弹,就会像一台超级发动机那样对这颗行星产生减速作用,最终会使水星失去维持其低轨道的速度,坠入太阳。接下来,在八十四光年外的275E1发生的事就会在太阳上重演:太阳的对流层外壳将会被水星击穿,深处辐射层中巨量的恒星物质将高速射入太空,在太阳的自转中,将形成一个类似于215E1的螺旋形大气层。太阳与三体恒星不同,是一颗孤星,不存在与其他恒星近距离交错的可能,所以它的大气层将不受干扰地增长,最终其厚度将远大于三体恒星的大气层,这也在对275E1的观察中证实了。太阳喷出的这条螺旋形物质流将像松开的发条那样迅速向外扩张,它的厚度最终将超过火星轨道,这时,一个宏大的连锁反应开始了。

"首先,金星、地球和火星这三颗类地行星都将在太阳的螺旋大气层中运行,在摩擦中很快失去速度,最终将变成三颗巨型流星坠入太阳。其实早在这之前,地球大气层就在与太阳物质的剧烈摩擦中被剥离,海洋蒸发殆尽,剥离的大气和蒸发的海洋将把地球变成一颗巨型彗星,它的彗尾可能长得沿着轨道绕太阳一周,地球表面将回到其形成之初的岩浆火海状态，没有任何生命能够幸存。

"金星、地球和火星三星的坠落，将大大加剧太阳物质向太空中的喷发，喷射的螺旋形物质流由一条增加到四条，这三颗行星的质量总和是水星的四十倍，且由于轨道高，坠落时的冲击速度远大于水星，每条物质流喷发的猛烈程度是水星坠落的几十倍甚至更多，将使已形成的螺旋大气层急剧膨胀，它的顶端最终将到达木星轨道。

"木星质量巨大，摩擦产生的减速很小，轨道受到的影响要很长时间后才能看到，但木星的所有卫星将面临着以下两种命运：在摩擦中被剥离木星，然后各自失去速度坠入太阳；或者在木星轨道上失去速度坠入液态的木星。

"连锁反应仍在继续，虽然螺旋大气层对木星的减速很小，但减速毕竟存在，木星轨道将向太阳缓慢下沉。随着这种下沉的发生，木星将在越来越密集的螺旋大气层中运行，摩擦产生的减速将迅速增加，进而导致轨道更快地下沉……这样，木星最终也将坠入太阳。木星的质量是前面四颗类地行星质量总和的六百倍，如此巨型的质量体冲击太阳，即使按最常规的推论，也将产生更猛烈的恒星物质喷

资深编剧教你读小说
我们应该如何读《三体》

射,使螺旋大气更为稠密,加剧了天王星和海王星世界的严寒。但还有一个更大的可能性:巨大木星的坠入,使螺旋大气层的顶端延伸至天王星甚至海王星轨道,即使大气层的顶端很稀薄,摩擦产生的减速最终也会把剩下的这两颗大行星和它们的所有卫星一起拉向太阳。当这最后的连锁反应完成后,先后受到四颗致密的类地行星和三颗巨大的类木行星的冲击,太阳将变成什么状态,太阳系将变成什么样子,谁都无法预料,但有一点可以肯定:对生命和文明来说,这里将是一个比三体世界更严酷的地狱。

"对三体世界而言,在他们的行星被三颗恒星吞噬之前,太阳系是唯一的希望,再没有第二个可以及时移民的世界,这样,继人类之后,三体文明也必将彻底灭亡。"

(《三体Ⅱ:黑暗森林》第262~263页)

这是另一个面壁人曼努尔·雷迪亚兹的水星坠落计划。这是一个失败的面壁人,他的计划被他的破壁人轻易破坏,因为以人类的工业能力,想要制造足够当量的核弹,达到推动水星坠落计划是不可能的,甚至连十分之一的当量都做不到。三体人明白这一点后,自然无须再把曼努尔·雷迪亚兹的水星坠

第一章
故事架构篇：破解《三体》故事构建之谜

落计划当回事。

明明是一个失败的计划，但是刘慈欣不惜笔墨，不厌其烦地把水星坠落计划的每一个步骤、每一个技术细节都描写出来，这是为什么呢？

因为这些文字就是科幻迷日思夜想的想象力世界的盛宴。这些文字即使脱离剧情，都有相当的欣赏价值。这是一场基于现代科学、现代物理学对太阳系空间运行的合理的想象，一个疯狂而大胆的用人类的核弹毁灭太阳系的计划。在这些看似冗长的文字背后，读者在阅读科幻小说的时候，获得了极大的满足。

曼努尔·雷迪亚兹的计划是想象力的大爆炸，面壁人弗里德里克·泰勒的量子幽灵舰队对抗三体舰队的计划、比尔·希恩斯的思想钢印计划也都精彩纷呈，各自呈现了想象力的盛宴。

如果我们拿武侠小说做类比，以罗辑那个主线故事为例，主角用北丐的降龙十八掌来打天下，拯救苍生，那么南帝的一阳指的绚烂，西毒蛤蟆功的诡秘，东邪弹指神通的潇洒，这些各式各样奇幻的武功，都是读者的阅读期待，都需一一满足。

甚至在满足读者对科幻想象期待的基础上，《三体》还注意不同领域想象力的搭配。罗辑的黑暗森林法则，曼努

> 资深编剧教你读小说

我们应该如何读《三体》

尔·雷迪亚兹的水星坠落计划，弗里德里克·泰勒的量子幽灵舰队对抗三体舰队，主要是基于物理学的科学幻想，特别是在天体物理学领域，刘慈欣做了大胆而精彩的假设与想象。那么对于比尔·希恩斯来说，他的思想钢印计划就是基于脑科学的合理的科学幻想。如果说基于天体物理学的科学幻想是外向型的，是人类对于自己身体之外的世界发挥的想象力，那么基于脑科学的科学幻想就是内向型的，是人类对于自己身体之内的世界发挥的想象力。在同样精彩刺激的科幻想象力的盛宴上，《三体》甚至还专门用不同领域的想象力来相互搭配，这是生怕一桌都是龙虾、鲍鱼、海参，读者吃腻了，还特地搭配一盘上等的西兰花。

《三体Ⅱ：黑暗森林》向我们展示了这些想象力的盛宴，《三体Ⅲ：死神永生》则后来居上，黑域计划、光速飞船计划、掩体计划，乃至四维空间等等，都一次次用丰富的想象力把读者带到一个奇幻的科幻世界。同样作为一个写小说、写剧本的创作者，笔者清楚地意识到，这些超凡的想象力，任何一个单独拿出来，都足够完成一本精彩的科幻小说，而《三体》的精彩之处是一下子全部呈现出来，毫无保留地奉献了一场想象力的盛宴。

刘慈欣在满足读者科幻想象力的期待上，可以说超额完成了任务。

第二章
人物塑造篇：破解《三体》人物塑造之谜

《三体》的故事讲得跌宕起伏，精彩纷呈，然而不是单单有精彩曲折的故事，就能成为一部成功的文学作品。《三体》能够如此成功，获得如此多的赞誉，还得益于它细腻的人物塑造。《三体》的人物塑造是全方位的，主要人物塑造得极其鲜明，次要人物也塑造得非常成功。

在所有主要人物的塑造上，《三体》有一套行之有效的塑造方法，姑且称其为《三体》人物塑造三部曲。

一、《三体》主人公塑造三部曲

（一）内心"沉默的羔羊"，是一辈子的梦魇

美国经典电影《沉默的羔羊》，讲述的是美国联邦调查局

资深编剧教你读小说

我们应该如何读《三体》

（FBI）的见习特工克拉丽斯（朱迪·福斯特饰演），追捕变态杀人狂魔的故事。在这部电影里，克拉丽斯内心始终惴惴不安。她拼命地健身让自己变得强悍，最后成了警察里的翘楚，成了 FBI 的顶级探员。她的强悍都是用来掩饰自己内心极度的懦弱，极度没有安全感。

因为对于克拉丽斯来说，童年时代的一件事成为她一生的梦魇。

她是一个单亲家庭的孩子，做警察的父亲是她唯一的依靠。每天傍晚趴在窗前，等着父亲回家的脚步声响起，是她这辈子做过的最幸福的事，然而在十岁的一天，趴在窗前的小女孩，再也没有等到父亲回家的脚步声响起——她的父亲因公殉职。

小女孩从此心碎，内心再无安全感和幸福感可言。虽然收养她的亲戚对她很好，但是她内心的创伤再也不可能平复。一天早上，小女孩失踪了，当亲戚找到这个离家出走的小女孩时，她在农场里抱着一只可怜的无助小羊羔，这只小羊羔还在她怀里咩咩叫着。

这只咩咩叫的小羊羔就是小女孩内心的写照，她为什么后来加倍训练？她为什么要加入 FBI？她为什么要追捕最凶悍的连环杀人犯？她各种强悍的表现都来源于内心的不安全感。

主人公在童年时代，一件刻骨铭心的往事让她心碎，此后她所有行为的内在逻辑都来源于这件刻骨铭心的往事。

从专业编剧的角度来说，这叫"人物回顾"。

《三体》所有的主人公都设置了这样的人物回顾的场面，这些发生在主人公人生中的往事影响了人物对人生道路的抉择，让他们背上了一辈子卸不掉的包袱。

（二）走最艰难的路，怕什么就一定来什么

主人公的内心始终有一只咩咩叫的小羊羔，始终有一个卸不掉的包袱。然而主人公内心越害怕什么，害怕的事一定会发生。

刘慈欣在塑造《三体》人物的时候，一定会让主人公走最艰难的路。注意，这里所谓的"最艰难的路"，是基于主人公内心那个梦魇而言的。

一个极度渴望爱的人，作者就一定让他亲自葬送自己最爱的人。

一个极度渴望成功的人，作者就一定让他在成为世界首富之后，再从巅峰跌落，不名一文。

一个极度渴望证明自己勇气的人，作者就一定让他经历生与死、忠贞与背叛的考验。

这就是专门针对主人公内心的梦魇来设置障碍，逼迫主人公走最艰难的路。

（三）逼人物主动选择，用主动选择来凸显人物的性格

当人物走了那条最艰难的路，当人物面临世界上那个最艰难的选择之时，所做的选择就凸显了人物的性格。

他可以勇敢地走过去，跨过内心那个永远的梦魇，那么他就是一个真正的勇者。在《沉默的羔羊》里，克拉丽斯在面对自己内心的梦魇的时候，一开始在逃避，在躲闪，然而变态杀人狂魔兼心理学教授汉尼拔（安东尼·霍普金斯饰演）无论如何不许她逃避，不许她躲闪，一定要她直面自己内心的懦弱，卸下外表所有伪装的强悍，把内心深处的脆弱赤裸裸地暴露出来、讲述出来。一旦讲述出来，就可以直面它，就可以克服它。

最终，克拉丽斯选择勇敢直面自己的梦魇，她终于成为一个真正的勇者。

一个人物的性格塑造得是否鲜明，主要就是看其在关键时刻，会选择什么样的人生道路。

1. 叶文洁

（1）父亲被批斗致死的那个瞬间，是她一辈子的梦魇

叶文洁原本是一个单纯的人。她出身于高级知识分子家庭，父母感情和睦，衣食无忧。在这种家庭里，父母一方面很

重视子女的教育,一方面也有能力教育好子女。对于叶文洁这样的孩子来说,父母的书橱里摆放的书,就暗示了她将来的职业发展方向。

叶文洁也很争气,读了天体物理学,然后做了大学老师。她似乎在一步一步追随父亲叶哲泰的脚步,做一个女版的叶哲泰。对于叶文洁来说,在一个和平年代,她的人生是最没有戏剧性的,是几乎可以一眼望到头的。

然而那个疯狂年代的到来,父亲被批斗致死的那个瞬间,彻底改变了她的内心,是她一辈子的梦魇。

> "叶哲泰!"绍琳指着丈夫喝道,她显然不习惯于这种场合,尽量拔高自己的声音,却连其中的颤抖也放大了,"你没有想到我会站出来揭发你,批判你吧?!是的,我以前受你欺骗,你用自己那反动的世界观和科学观蒙蔽了我!现在我醒悟了,在革命小将的帮助下,我要站到革命的一边,人民的一边!"

(《三体Ⅰ:地球往事》第 61 页)

发生在叶文洁面前的,是母亲对父亲的批判,是本来相安无事、相濡以沫的父母的反目。

但已经晚了，物理学家静静地躺在地上，半睁的双眼看着从他的头颅上流出的血迹，疯狂的会场瞬间陷入了一片死寂，那条血迹是唯一在动的东西，它像一条红蛇缓慢地蜿蜒爬行着，到达台沿后一滴滴地滴在下面一个空箱子上，发出有节奏的"哒哒"声，像渐行渐远的脚步。

一阵怪笑声打破了寂静，这声音是精神已彻底崩溃的绍琳发出的，听起来十分恐怖。人们开始离去，最后发展成一场大溃逃，每个人想都尽快逃离这个地方。会场很快空了下来，只剩下一个姑娘站在台下。

她是叶哲泰的女儿叶文洁。

（《三体Ⅰ：地球往事》第65页）

面对父亲的尸体，叶文洁的人生从此改变了。这就是她一生的梦魇，这就是她心里那只永远会咩咩叫的小羊羔。那个单纯的、人生可以一眼望到头的叶文洁消失了，取而代之的是一个内心冷漠的、绝望的、充满了冷硬荒寒的叶文洁。

父亲的死就是叶文洁的人物回顾，对于她来说，后面所有的选择、所有走出的道路都要从这个场面里寻找根本原因。

（2）一个内心冷硬荒寒的人，偏偏要让她决定全人类的生死存亡

内心已经彻底冷硬荒寒的叶文洁走入红岸基地，永远也没有机会走出来，对于她来说倒是一种解脱。

对于别人来说，进入这个顶级保密机构，意味着永远和社会隔离，永远放弃这个世界上最美好的爱情、亲情等人类的感情，一辈子做一个无名英雄。这需要做出巨大的牺牲，这需要巨大的勇气。

但是对于叶文洁来说，她的心，她的感情，她对世界的爱，在父母决裂、父亲被打死的那一天已经死了，她的内心本来就空虚麻木。对于别人来说，放弃亲情、放弃社会关系千难万难，她本来就对亲情感到绝望，她本来在外边已经放弃了社会关系，那么进入红岸基地，她也没有什么可以放弃的。

所以对于叶文洁来说，红岸基地是她最完美的归宿，就在这里过完行尸走肉、没有灵魂的一生，用自己还算扎实的物理专业混一口饭吃，这大概也算是一种幸运。实际上，把叶文洁带进红岸基地的杨卫宁和雷志成都有这方面的考虑，他们也是极其善于洞悉人性的，他们本能地意识到叶文洁可能是最适合红岸基地的人。

但是刘慈欣就是要让这个对世界彻底绝望的人、内心彻底冷硬荒寒的人来决定全人类的生死存亡。

我们应该如何读《三体》

叶文洁对于三体人将要掠夺资源、攻击奴役人类世界心知肚明。当那个外星圣母发出"不要回答，不要回答，不要回答"三个警告，还试图在最后时刻挽救人类社会的时候，叶文洁做出的选择是轻松愉快的，是毫不犹豫的。

人类文明的命运，就系于这纤细的两指之上。

毫不犹豫地，叶文洁按下了发射键。

（《三体Ⅰ：地球往事》第205页）

刘慈欣在这一刻没有写叶文洁内心的想法，没有写叶文洁为什么做出这样的抉择，因为叶文洁内心的一切动机，都要追溯到父母反目、父亲被批斗致死的那个时刻。刘慈欣已经把叶文洁内心的冷硬荒寒、对人类世界的绝望写到极致，这时只要静静地描写她如何毁灭人类世界就可以了。

《三体》为什么精彩，让人读来欲罢不能？外在的跌宕起伏的故事背后，是精彩细腻的人物塑造。叶文洁内心那个绝望的灵魂的来源，刘慈欣写得细腻精彩，最终由这个绝望的灵魂来决定人类的生死。

（3）绝望的灵魂，能不能放弃内心最后一丝温暖

《三体》的人物塑造技巧是先描写一个精彩的人物回顾的场面，让人物内心"咩咩叫的小羊羔"呈现在读者面前，然后

再让人物走最艰难的路。

叶文洁内心绝望的灵魂,让她毫不犹豫地按下了和三体人联络的按钮,给全人类判处死刑,立即执行。

这是把全人类的命运交到一个绝望的灵魂手里,让其做出选择。叶文洁发出信号决定了全人类的命运,而至于她自己的命运,刘慈欣也给了她一条最艰难的路。

当叶文洁发现政委雷志成已经识破了她的计划时,她意识到雷志成现在隐忍不说只是为了独占发现外星人的荣誉,她知道自己的危机已经迫在眉睫。好在现在识破自己计划的只有雷志成,对于她来说立刻杀死雷志成,是她唯一可以走的道路。

叶文洁杀死雷志成,这并不是什么艰难的道路,对于内心冷硬荒寒的叶文洁来说,她对雷志成一丝一毫的感情也没有,雷志成和她之间的关系从头到尾只是相互利用,所以叶文洁杀死雷志成顺理成章,这里并没有多少东西要考验叶文洁。

但是当雷志成垂绳下去修电缆的时候,当叶文洁用一把刀割断缆绳就可以决定对方生死的时候,叶文洁人生中最大的考验、最艰难的选择适时出现。

叶文洁的丈夫杨卫宁出现了,他也顺着那条缆绳下去修电缆,对于叶文洁来说,割断缆绳不但杀死了雷志成,也杀死了自己的丈夫杨卫宁。

我们应该如何读《三体》

　　杨卫宁大概是叶文洁冷硬荒寒的内心里最后一点点温暖。在红岸基地，在长长的人生岁月里，叶文洁几乎没有感受到别人内心的温度。大部分人只是想利用她，白沐霖是利用她的一手娟秀的字，雷志成是利用她的专业知识。在父亲死后，真正对她还表现出善良、表现出内心一点点温暖的，大概只有杨卫宁。

　　所以，叶文洁顺理成章地嫁给了杨卫宁，顺理成章地生下了女儿，这是她冷硬荒寒的世界里最后一丝温暖。

　　然而刘慈欣就是要考验人物，要让叶文洁走最艰难的路，她的世界里只剩下最后一点点温暖了，她能不能亲手毁灭这最后一丝温暖？

　　叶文洁稍微犹豫了一下，她坚持给杨卫宁再拿一条缆绳，然而当她发现杨卫宁和雷志成共用一条缆绳，他们已经检查完毕向上攀登的时候，她明白这是自救的最后的机会，她毫不犹豫地选择放弃杨卫宁，放弃自己孩子的父亲，放弃自己生活中最后一丝温暖。

　　放弃自己的丈夫，放弃肚子里孩子的父亲，叶文洁有过犹豫，但是对于叶文洁来说，这个场面并没有撕心裂肺，并没有痛彻心扉，为什么呢？因为叶文洁的心早就死了，在父亲叶哲泰被打死时，叶文洁已经对人类世界的感情绝望了。

　　所以，叶文洁碰到对她表现出善意和温暖的杨卫宁，和他结婚可以理解。但是，这并不代表叶文洁对杨卫宁的感情有多深，并不代表放弃这段感情有多么撕心裂肺。叶文洁已经不相信人类世界上任何一种感情，她又怎么会对爱情、对丈夫刻骨铭心呢？

她对杀死杨卫宁是无奈的，是犹豫的，但是当最后时刻到来，她立即下手，没有丝毫拖延，这是作者对人物心理的精准把握。

当笔者第一次顺着汪淼的视角，见到老年叶文洁的时候，叶文洁唯一的宝贝女儿杨冬刚刚离世，笔者感觉这个老太太过于冷静，好像对杨冬的死没有表现出极度的痛心和哀伤，最多有一股淡淡的忧愁，这不太符合母女俩相依为命这个设置。但是当你把叶文洁的一生联系起来看，叶文洁的内心可能在父亲被批斗致死的那天就已经麻木了，必要的时候她可以果断放弃杨卫宁，那么区区一个女儿的自杀，在叶文洁极度冷硬荒寒的心里，有多少冲击力，可想而知。

同样，叶文洁这样内心极度冷硬荒寒的人物，面对这个选择，只是略显无奈和犹豫，而如果是那个内心为爱而生的程心，就可能撕心裂肺，痛哭流涕，死也下不去手。

叶文洁在亲手葬送了自己内心最后一丝温暖之后，她成为地球叛军的领袖，就是顺理成章的事，对于她来说，这个充满了肮脏、冰冷、无耻的地球，早毁灭早超生。

2. 罗辑

（1）一个极其孤独的灵魂，极度渴求灵魂伴侣

罗辑是一个内心极其孤独的人，极度渴求有一个灵魂伴侣。

大概很多知识分子的内心，都是孤独的。在这个充满功利和铜臭的世界，谈灵魂忽然变得奢侈起来，所以有一点理想主义的人都很容易和这个功利的世界疏远。一个渴望灵魂世界精彩的人，内心就变得孤寂起来。

罗辑的内心也有很柔软的部分。本来罗辑的人生大概和很多普通知识分子一样，把最柔软的理想主义的灵魂，深深埋藏在心里。

找一个各方面条件还不错的女性，体面地组建家庭，结婚生子，恩恩爱爱地过一辈子，直到自己老去、孩子长大。等有一天鬓角斑白，送孩子到大学宿舍，看阳光下的校园，勾起了年轻时的回忆，回首曾经执着地追求理想主义灵魂的时候，对自己内心残存的一角露出一个善意的微笑。

罗辑的人生本来也可以一眼望到头，他曾经交往最深的已经谈婚论嫁的女友白蓉，就可以和他完美地把人生耗完。

在外人看来，白蓉是这么完美，一个畅销青春小说作家，她写小说的版税比工资都多。一个小说家搭配一个社会学博

士、大学教授,在外人看来是如此完美合适的组合,甚至有人认为,他们是互相找到了知己,找到了灵魂伴侣。

但是二人的灵魂根本就不能契合,因为白蓉是没有灵魂的。罗辑曾经努力想去了解、亲近白蓉的灵魂,希望能把这个女友当成自己真正的灵魂伴侣,说实话,一个作家是最可能有伟大的精神世界的。

罗辑看了白蓉所有的小说,他绝望了,白蓉是没有灵魂的。

> 在白蓉的要求下,罗辑看过了她的所有作品,虽谈不上是一种享受,但也不像他瞄过几眼的其他此类小说那么折磨人。白蓉的文笔很好,清丽之中还有一种她这样的女作者所没有的简洁和成熟。但那些小说的内容与这文笔不相称,读着它们,罗辑仿佛看见一堆草丛中的露珠,它们单纯透明,只有通过反射和折射周围的五光十色才显出自己的个性,它们在草叶上滚来滚去,在相遇的拥抱中融合,在失意的坠落中分离,太阳一升高,就在短时间内全部消失。
>
> (《三体Ⅱ:黑暗森林》第 63 页)

除了优美的文笔,白蓉的小说是没有灵魂的。白蓉的文

资深编剧教你读小说

我们应该如何读《三体》

学创作没有灵魂,生活中的白蓉也不过是一具优美的皮囊而已。对于极度渴求灵魂伴侣的罗辑来说,白蓉外在的各方面都和他很匹配,然而那不过是一个优美的假象。

当然,如果没有那件事,他可能就此和白蓉结婚生子,嘴角含着微笑过完一生。

白蓉要罗辑创作一部小说,作为礼物送给她。她希望罗辑用自己的想象去创作自己的世界、自己的文学人物。罗辑一塑造人物便一发而不可收拾,他的精神世界,他的理想主义,他对灵魂充实的渴求,一下子全部倾泻在他塑造的人物身上。理想主义世界,极度渴求灵魂伴侣的内心世界,好像决堤的洪水一样,一下子淹没了罗辑的生活。

接下来,罗辑的睡梦里都是这个想象出来的完美世界,他开始不可救药地和这个想象出来的文学人物谈恋爱,带着她游山玩水,和她互诉衷肠,这时白蓉已经离他的世界很遥远了。

当罗辑从这场睡梦中醒来的时候,幻景就成了他一生的梦魇。

这就是罗辑最投入的一次爱情经历,而这种爱一个男人一生只有一次的。以后,罗辑又开始了他那漫不经心的生活,就像他们一同出行时开着的雅

第二章
人物塑造篇：破解《三体》人物塑造之谜

阁车，走到哪儿算哪儿。

（《三体Ⅱ：黑暗森林》第 74 页）

从此以后，罗辑开始自暴自弃，开始不相信这个世界上有真正的理想世界、灵魂伴侣。于是，罗辑开始从一个极端走到另一个极端，开始彻底颓废，彻底放弃自己。他开始参加各种约会，和各种女孩交往，但是从来只把她们当成一具具臭皮囊，他再也不试图去了解她们的内心世界。

在《三体》里，罗辑第一次出场，就是这副颓废的模样，面对昨晚和自己共度良宵的姑娘，他甚至在努力地回想女孩的名字，害怕叫错。对于他来说，这些女孩如果都只是一具具臭皮囊，那么名字还有什么意义呢？

既然是臭皮囊，为什么不找一具漂亮的有点品位的臭皮囊呢？罗辑出场的时候，和他约会的是一个随身带着 LV 包的女孩——一个对外在世界如此在意，对物质世界极度崇拜的爱好奢侈品的女孩。对于罗辑来说，到处和女孩约会，就来源于内心深处那个永远的梦魇，那个梦醒时分。

罗辑开始玩世不恭，对一切都无所谓，对所谓的末世无所谓，已经在精神世界里放弃的人，有人告诉他，臭皮囊的后代的后代会在四个半世纪以后毁灭，他怎么可能在乎。他轻轻地丢下一句话，只要他不要孩子就轻松解决了。

资深编剧教你读小说
我们应该如何读《三体》

对于叶文洁来说,原本平静的一眼望得到头的人生,在父亲叶哲泰被批斗致死的那天结束了,这成为她一生的梦魇,是她一生行为逻辑的起点。

对于罗辑来说,原本平静的一眼望得到头的人生,在自己文学之梦醒来的那天结束了,这成为他一生的梦魇,是他后来所有行为的内在原因。

(2)给他一个完美的梦境,然后把它夺走

原本罗辑会在自暴自弃中度过一生,用挥霍和放纵来掩饰自己的心如死灰。

然而被选为面壁人,他的人生彻底改变了。他几乎拥有了无限权力,便在北欧找个山村隐居起来,过起了陶渊明般"采菊东篱下,悠然见南山"的生活,这也不过只是他放纵自己的另一种体现。

但是庄颜的出现彻底改变了他的处境。对于他来说,这是理想世界的一次复燃,那个梦醒时分让他明白,梦中的理想世界、梦中的理想女孩毕竟只是一场迷梦。梦醒时分就是一生梦魇的开始。然而庄颜的出现,两人的相爱让那个美梦成真,他终于明白,原来这个世界上真的有伊甸园。

让人美梦成真,那将是另一个幻境。刘慈欣对于主要人物的塑造手法,一直就是先构想一个一生的梦魇,然后让他走最艰难的路，罗辑也是如此。

先给了罗辑一个完美的梦境，在和庄颜的相处中，在与庄颜的相爱中，在他们共同孕育了一个伟大的新生命之后，罗辑美梦成真，理想世界达成。然后，一把夺走他刚刚得到的一切。

"罗辑博士，您好。"萨伊说。

"您好……我妻子和孩子呢？"

"她们在末日等你。"萨伊说出了画中的话。

（《三体Ⅱ：黑暗森林》第 184 页）

一个孩子刚刚迷恋上一个玩具，刚刚和一只小熊维尼建立感情，交上朋友，然后一把把它夺走。这大概是笔者所能想到的最残忍的事。

不管罗辑再怎么歇斯底里，不管罗辑再怎么不甘心，甚至以面壁人的身份相要挟，联合国还是做出了这个决定。

理想世界只能在末日之战来临的时候出现，现在该想想怎么拯救人类世界。即使不想拯救人类世界，即使对其他人毫无感情，那么面对刚刚获得的理想世界，罗辑必须决定救还是不救。

罗辑这个曾经放弃自己、放弃理想、尽情放纵自己的小人物，被逼着走最艰难的路，用一己之力来寻找一条拯救妻子、孩子的道路。

（3）走最艰难的路，在一次次艰难的选择中淬炼成钢

罗辑接下来的人生，是笔者看过的文学人物里最积极的人生。他开始奋斗，开始努力回忆自己人生中的一切细节，尤其是和叶文洁见面的细节，他希望从中找到战胜三体人、拯救人类世界的蛛丝马迹。

在掉入冰层里的那一刻，他忽然做了自己的破壁人，他忽然领悟了自己到底有什么特殊之处，到底"罗辑"这两个字为什么让三体人如此害怕。所以，三体人才给地球叛军一个信息：

"杀死罗辑！杀死罗辑！杀死罗辑！"

罗辑明白了叶文洁告诉他的"猜疑链"和"技术爆炸"这两个词有多么重要，人类获救的所有秘密就隐藏在这两个词中。由这两个词，他领悟了宇宙中的黑暗森林法则。其实，宇宙中所有的高级文明都是手持猎枪的猎手，只要有一种文明露头，猎手就会选择一枪杀死猎物，因为技术爆炸的存在，谁也不知道现在科技落后的文明会在什么时候实现科技突破，从而对其他文明产生威胁，所以哪个露头就消灭哪个是最佳选择。

罗辑有了这种猜测，他还要验证自己的猜测。他的验证之路，是笔者看过的最艰难的路，这里充满了嘲笑，充满了讽

第二章
人物塑造篇：破解《三体》人物塑造之谜

刺，充满了指责。

罗辑选择了一个离太阳系足够远的恒星系，选择暴露它的宇宙坐标，看看它会不会被宇宙猎手毁灭。因为智子的存在，所有面壁人的计划都不能解释原委，否则就会被三体人知晓，因此罗辑只能说，他向宇宙广播坐标只是向一个星系发出的一个咒语。

于是各种嘲笑、各种讥讽纷纷而来，动用了各种资源的面壁人已经黔驴技穷，变成了一个迷信鬼神、发出咒语的人。

罗辑只能面对这些嘲笑和讥讽，默默地承受这一切，直到面壁人计划被取消，直到他被剥夺了一切所谓面壁人的权力，他只能默默承受全人类的嘲笑和讥讽，把这一切深深埋藏在心底。

接下来，剧情又反转，当大家黔驴技穷的时候，当水滴毁灭了所有的人类太空舰队，人类在三体人面前毫无抵抗力的时候，罗辑发出咒语的恒星系真的被毁灭了。

咒语灵验了，虽然大家并不知道罗辑心里的黑暗森林法则，但是罗辑又被捧为圣人，又被当成救世主，又被捧上神坛。

但是在罗辑开始努力推进雪地计划，在人们焦急地等待罗辑拯救人类世界的一年半里，人们又开始等不及了，人们发现，罗辑除了准确预测恒星系的毁灭以外，没有任何作为，大

资深编剧教你读小说
我们应该如何读《三体》

家又开始嘲笑,又开始愤怒,又开始朝他住的屋子投掷石块,最终罗辑被排挤出生活的社区,没有人愿意见到这个骗子。罗辑只能无奈地宣布,明天他就离开。

在又一次被当成骗子、小偷、失败者的时候,罗辑默默地来到叶文洁的墓前,用自己精心准备的黑暗森林法则来要挟三体人,三体人最终被罗辑征服,三体人选择和人类文明妥协,罗辑以一己之力拯救了人类世界。

当叶哲泰被批斗致死,叶文洁看到父亲冰冷的尸体,在经历了人生最大的梦魇之后,她就心如死灰。从此以后,叶文洁的内心变得冷硬荒寒。她的人生变得只有自我保护,变得极度消极。而罗辑则正好相反,当经历了美梦破灭、理想世界毁灭之后,这个原本消极的小人物变得积极起来。

当面对全人类的嘲笑、讥讽,冲着他吐口水、扔石子,骂他是小偷、强盗、杀人犯的时候,他默默地坚忍地承受着一切,默默地把拯救人类世界的计划一步步向前推进,百折不挠,最终找到了拯救人类世界的钥匙。

找到拯救人类世界的钥匙,罗辑又一次变成了英雄,变成了救世主,他默默地守护人类世界半个世纪之久,像一个剑客那样手持利剑和三体人对峙了半个世纪。当罗辑卸任的时候,他所守护的普通的人类不但不感谢他,还要追究他的谋杀罪、世界灭绝罪。

第二章 人物塑造篇：破解《三体》人物塑造之谜

人类不感谢罗辑。

门厅中，几个身穿黑色西装的人挡住罗辑，其中一人说："罗辑先生，我以国际法庭检察官的名义通知你，你已被指控犯有世界灭绝罪，现被国际法庭拘押，将接受调查。"

（《三体Ⅲ：死神永生》第 134 页）

笔者读到此处，几乎热泪盈眶，一个耗尽一生去守护人类的英雄、斗士，在脱掉战袍的那一刻，赢来的不是鲜花和掌声。即使没有鲜花和掌声，哪怕是冷漠也可以，可他等来的是拘押，是怀疑，是世界灭绝罪。

笔者心情沉痛，忍不住为罗辑叫屈，可是罗辑的反应是那么的平静。

事实上，罗辑可能根本没有察觉到他们的存在，他眼中锐利的光芒熄灭了，代之以晚霞般的平静。

（《三体Ⅲ：死神永生》第 134 页）

那个内心充满颓废不甘、自暴自弃的罗辑早已远去了，在经历了那么多次的生死关头，在他一会儿被捧成救世主，一会儿被当成杀人犯、懦夫、装模作样的无耻之徒之后，他的心已经坚硬如铁、百炼成钢，外在世界即使山崩地裂，他的心里也不会再泛起一丝涟漪。

同样是经历了人生的梦魇，叶文洁走了一条冰天雪地、冷硬荒寒的消极之路，而罗辑走了一条坚韧不拔、百折不回、浴火重生的积极之路。所以，最终罗辑让妻子和孩子从冬眠中醒来，作者只是轻轻一笔带过，甚至没有描写三人正面重逢。

这时的罗辑已经是浴火重生的罗辑，这时的罗辑已经不是那个希望破灭、天天约会放纵的小人物罗辑，而是世界上内心最坚忍、最强大的勇者罗辑。

3. 程心

（1）她因为爱而存在

程心是因为爱才能活在这个世界上的。

那个年轻女孩在公园的长椅上捡到了三个月大的程心，如果没有年轻女孩的善心，程心也许就活不过那个夜晚，也许三个月大的女婴就会活活冻死在公园的长椅上。

程心是因为爱才有了妈妈。

原本被人捡到以后，程心应该被送到孤儿院，从此失去妈妈。但是那个捡到程心的年轻女孩，内心充满了爱，在照顾了程心一夜之后，她决定给程心一个温暖的家，她决定给程心一个妈妈。

程心是因为爱才有了爸爸。

程心的妈妈拒绝了所有的男友，没有和他们结婚，只要他们表现出对程心的一点点厌烦。程心的世界里有伟大的母爱，但是缺失了父爱。这时，另一个有爱的男人出现了。他爱上程心的妈妈的原因，很大程度上是由于妈妈对程心的爱。

这是程心一辈子的心结，程心的生命，程心的家庭，程心的父母，程心生活中的一切都是因为爱才走到一起的。这是影响程心一辈子做出选择的源头。

对于叶文洁来说，叶哲泰被批斗致死那一天，她看到自己父亲冰冷的尸体，那一天决定了之后叶文洁人生的全部选择。对于程心来说，当她选择去读大学，离开家去远行，临行的时候，仿佛意识到什么的妈妈拉着程心的手说了那句话：

"咱们仨是因为爱走到一起的……"

(《三体Ⅲ：死神永生》第112页)

程心的价值观，程心的每一次人生选择，也许都源于这句话。这句话，这个告别的场面，是藏在程心内心深处最大的源动力。

(2) 走最艰难的路，能不能毁掉人类世界

刘慈欣写作的方法是一以贯之的，在交代了人物前史之

后,特别是前史中主人公心中那只咩咩叫的小羊羔出现之后,人物的性格从此就确定下来。接下来,就是设计一条最艰难的路,等着人物去走。

程心心中那只咩咩叫的小羊羔就是她妈妈的那句话:"咱们仨是因为爱走到一起的……"

那么,一个以爱为人生最高价值的人,走哪一条路才是最艰难的路?

答案一:做执剑人,在必要的时候按动开关,亲手毁灭全人类。

充满爱心的程心,是最留恋人类世界的,是最能发现人与人之间美好感情的,她当然最不愿意看到人类世界的灭亡。这时作者就一定要把执剑人的位置交给她,用亲手毁灭全人类的这个选择考验她。

作者给每一个人物都精心设计了最艰难的路和最艰难的选择。试想一下,罗辑要做的事——拯救人类世界,这个目标就绝不会交给程心,因为对于程心来说,如果她被选为面壁人,她甘之如饴,她一定废寝忘食地为人类工作,拼命寻找拯救人类世界的方式。对于她来说,如果让她拯救人类世界,这不是最艰难的路,这是最适合她性格的路,最符合她内心深处意愿的路,那么选择她拯救人类世界无法考验人性,无法体现程心的个性。

把拯救人类世界这个任务交给那个已经放纵自己、疲疲沓沓的小人物罗辑,就是让他走最艰难的路,那么把亲手毁灭全人类的权力交给程心,则是让程心走最艰难的路。

从刘慈欣写作的篇幅也能看出来,对于塑造人物来说,当人物走在最艰难的路上的时候,他是不吝惜笔墨的。罗辑拯救人类世界这条故事线非常完整和丰富,是《三体Ⅱ:黑暗森林》的主线,然而罗辑做执剑人之后的五十年,刘慈欣几乎一个字都没有写,只是借着程心交接执剑人权力的时候,写了一笔卸任的罗辑而已。

在程心拥有执剑人身份的同时,三体人发动了毁灭之战。人类向宇宙广播坐标的发射器一旦被摧毁,人类在三体人面前就是待宰的羔羊,这时留给程心几分钟去选择,与三体人一起消失,或者亲手毁灭全人类,或者放弃这一切。

这时程心心里的小羊羔又咩咩叫了,她果然没有按动毁灭全人类的按钮。

很多人看到这里,认为这是作者因为剧情需要而设置的情节。因为《三体》的情节要发展,一定要让人类和三体人的平衡被打破,这样三体人入侵之后,才会出现所有的人类被迫移民澳大利亚等有趣的幻想情节,这才是科幻小说应该呈现给读者的。

在这里把执剑人罗辑换成程心,确实有发展剧情的考虑,可是另一方面,作者并非仅仅从剧情需要的角度出发,作者也是从人物设置的角度出发,写一个为爱而生的人,她是最不可能毁灭全人类的,那么就把毁灭全人类的按钮交到她的手里,看看她是否能做出这个选择。

程心做出了放弃发送坐标的行为,一方面是完成剧情发展的需要,另一方面是完成人物性格成长的需要。好的文学作品的特点就是剧情和人物水乳交融,不会专门为了发展剧情而扭曲人物性格和人物成长,也不会为了塑造人物性格而停滞剧情,一定会让它们相互影响、相互促进。

答案二:把最爱自己的人送上永远的不归路。

对于心中充满爱的程心来说,她面临的第二次考验、第二条最艰难的路就是:亲手把最爱自己的人送上那条永远的不归路。

《三体Ⅲ:死神永生》里写了一段非常美好的爱情故事:云天明爱程心。

这段爱情故事写得很精彩,但是呈现的方式很特殊。它没有一般爱情故事里的青梅竹马、两小无猜、山盟海誓,也没有"执子之手,与子偕老"的誓言。

这段爱情故事里只有云天明对程心的默默关爱、默默关注、默默守护。它更像是云天明的单相思,但是作者写得细腻而精彩。

然而作者笔锋一转，写到程心对云天明的感情，写到程心收到云天明临死前的礼物——一颗以她的名字命名的星星。程心收到了如潮水般汹涌而来的爱，这真是致命的浪漫。

云天明不计较个人得失，默默地守护着自己所爱的人，这让程心想到了母亲对她的默默关爱。这是一种大爱，是不惜代价的，是不求回报的，只要默默望一眼她的背影就满足了，只要在人群里打听到她的消息就满意了。

程心心中那只小羊羔又咩咩叫了，她给了云天明回应，她也爱上了这个真心爱她多年的痴心人。

但是现在程心却要亲手做一个选择，把自己最爱的人送上一条不归路。派一个人类的卧底到三体人那里，这是程心亲自建议的计划，也是程心亲自确定了合适的人选云天明。

爱上他，然后送他去一个未知的世界，走一条最艰难的路，从此永远无法再相见。程心又一次面临一个最艰难的选择。

如果把这个选择交给叶文洁，这个内心冷硬荒寒的人，她的爱在父亲被批斗致死的那一天已经死了，她能毫不犹豫地割断缆绳，放弃自己孩子的父亲杨卫宁。要她放弃一个人太容易了，这压根儿不是最艰难的路。

但是程心不一样，她是为爱而生的。让她放弃如此刻骨铭心地爱着自己的云天明，她有太多的不舍、太多的煎熬，但是为了拯救全人类,她又不得不做出这个选择。

一个为爱而生的人,亲手送最爱自己的人走上永远的不归路,这就是作者给自己笔下的人物程心设计的一条最艰难的路。

答案三:放弃大部分人类,建造挪亚方舟自己逃亡。

当向宇宙广播三体星系的坐标之后,当三体星系毫无意外地被宇宙中潜行的猎手一枪毁灭之后,人类面临同样的困境。

宇宙中拿着猎枪的猎手已经把枪口对准地球,也许猎手已经向地球射出了子弹,地球正在面临巨大的毁灭危机……

人类不得不展开自救,在云天明的提示之下,人类设想了三个方法来展开自救,分别是掩体计划、黑域计划、光速飞船计划。

掩体计划意味着什么?意味着可以拯救大多数人,可以尽可能让更多的人类存活下来,甚至存活下来的人类可以不离开太阳系,只是永远生活在人类建立的太空城里。

黑域计划是把地球彻底变成死星,向宇宙中的其他生物表明自己毫无威胁。这个姑且不论,掩体计划和光速飞船计划,到底要执行哪一个,选择权又交到了程心手里。

光速飞船计划意味着什么?建造太空时代的挪亚方舟,放弃大部分人类,只有小部分人类可以乘坐光速飞船逃生。没有机会搭载光速飞船的人类只能在太阳系等死。

在人类政府宣布光速飞船计划被绝对禁止后,有一批人,以程心的老上级维德为代表,偷偷地开展光速飞船计划。当维德的计划暴露之后,他们甚至要发动一场叛乱,在人类这场大内讧一触即发的时候,维德提出,让程心来决定一切。

程心又一次面临选择。选择光速飞船计划就等于放弃大部分人类的生命,程心的圣母心再一次泛滥,那个因为爱而结合在一起的家庭,是程心心中那只咩咩叫的小羊羔,小羊羔又开始叫了。程心果断选择放弃光速飞船计划,人类太空时代的挪亚方舟就这样被程心扼杀在摇篮里。

这个选择是绝对不会交给章北海的,章北海是有着钢铁一般意志的军人,他出身于军人家庭,他的每一根神经像钢筋一般强悍。这种钢铁意志继承于他的军人父亲。如果把这个选择交给章北海,对人物毫无考验,章北海会毫不犹豫地启动光速飞船计划。

作者偏偏就要把这个选择交给最婆婆妈妈、内心最柔软的程心。

我们看到刘慈欣在写程心这个人物的时候,因为她的心软,因为她内心充满了爱,拥有一颗圣母心,因为她生活在一个因为爱而组成的家庭里,所以作者反复让程心做选择。程心永远是做那种让她痛不欲生的选择,要么就是要不要按一个按钮毁灭人类世界，要么就是要不要亲手把深爱自己的人送上永远的不归路，要么就是要不要放弃大部分人类，让小部分人类乘上挪亚方舟逃离。

程心越柔软，内心的爱就越强烈，作者就越用这种直戳她内心的选择来考验她、折磨她。其实这种对程心的考验、对程心的折磨就是对读者的考验、对读者的折磨，这就是《三体》人物形象鲜明，让人读来欲罢不能的根本原因。

4. 云天明

（1）这份爱情静悄悄

云天明的人生，好像就是用来爱程心的。

云天明的人生很单纯，看不出有什么特异之处。来自一个普通的家庭，一个普通的理工科大学生，做了一份还算普通的工作。对于他来说，在一个研究机构工作一辈子，或在一个大型国企工作一辈子，二十几岁博士毕业，六十岁退休。从刚刚毕业的小伙子"小云"到退休的时候敲锣打鼓、劳苦功高的"老云"，过普通的退休生活，含饴弄孙，这应该是云天明一眼就能看到尽头的人生道路。

可惜云天明三十多岁就得了绝症，于是他普通得不能再普通的人生，后半段的故事只能更改一下。六十岁敲锣打鼓，退休以后含饴弄孙这些故事都要删除，故事的结局应该是：他的人生终结于绝症，并未留下子女，他的去世让父母、姐姐悲痛欲绝……

云天明唯一不普通的地方，就是他那份静悄悄的爱情。

别人的爱情是要表白的，是要沟通交流的，是要得到交互式体验的，是必须一对一排他的，这才是热烈的爱情，但这是俗不可耐的世俗爱情。

云天明的爱情是静悄悄的，是不求回报的，是不需要一对一排他的，只是在人群里看了她一眼，他就深深地爱上了她。他和程心在大学期间讲过的话几乎是屈指可数的，但这一点并未影响云天明对程心的深情。

他就这样在旁边静静地待着，静静地爱着自己心里的那个她。这种静默的、不求回报的、不求对等的爱，有一种审美的力量，有一种静默的力量，这种爱远远超越了普通的双向爱情所带来的心灵震撼。

一份等待中的爱情，一份静悄悄的爱情，一份刻骨铭心的爱情，但却是与她无关的爱情，古今中外的艺术家都写过这种不求回报的伟大的爱情。

王家卫的电影《阿飞正传》《重庆森林》《一代宗师》都反复表现过这种静默式的非凡爱情，甚至这种等待式的静悄悄的爱情几乎是王家卫所有电影的共同主题。

云天明人生最大的意义，其人生最重要的场面，大概就是他得了绝症，他用自己的专利费给程心买下了一颗星星，在用安乐死亲手终结自己的生命之前，他还想最后再看程心一眼。他甚至并不奢望和程心说话，他希望哪怕只是在人群里看上程心一眼，他的人生就圆满了。

可是当他飞去上海的时候，当他走到科研所门口的时候，他才意识到自己根本没有程心的联系方式。程心在科研所读过博士，读完博士是不是在科研所上班？程心即使在科研所上班，她今天是上班还是休息？科研所有五个门，两万多名员工，程心今天下班会不会走这个门？他统统不知道。他只知道在一个门前傻傻地等着，就像他这一生都在傻傻地等着，默默地爱一个人而不求回报。

他面对着这样一个概率：程心毕业后仍在这里工作；今天没有外出；今天下班会走五个门中的这一个。

这一刻很像他的一生，执着地守望着一个渺茫的希望。

下班的人开始走出来，有的步行，有的骑车或开车，人流和车流由稀变密，再由密变稀，一个小时后，只有零星的人车出入了。

没有程心。

(《三体Ⅲ：死神永生》第 38 页)

他只能默默地离开，对于云天明来说，这是他一生的梦魇，是他内心那只咩咩叫的小羊羔。他为什么会同意去做人类的卧底，为什么义无反顾地走上一条不归路，为什么要甘冒奇险，编出了三个童话，在三体人的眼皮底下传递信息以拯救人类世界，他之后生活中一切选择的源动力，都始于那个傍晚，他默默地坐在科研所的门口，等着再看程心一眼。

那个傍晚"无望的等待"，让笔者明白了，这是作者用云天明的方式来表达古人所说的"冬雷阵阵，夏雨雪。天地合，乃敢与君绝"。

（2）最爱的人要让他死得最残酷

云天明是如此深爱着程心，这份爱不求回报，没有一丝一毫的占有欲，他只是想安安静静地把自己的这份爱耗尽，他的人生就此结束。

他的灵魂就会化成那颗以"程心"命名的星星，永远守护着程心。

云天明虽然得了绝症，命不久矣，但这也算是了却了他的心愿，算是一个完美的归宿。

资深编剧教你读小说

我们应该如何读《三体》

刘慈欣是不可能让人物就这样了却心愿的,接下来就是一条最艰难的路在等着云天明。

在安乐死的最后一刻,安乐死被停止了,程心出现了,程心来找云天明。

如果不是云天明选择安乐死,如果云天明不是阶梯计划的最佳人选,如果不是云天明对程心有用,程心可能永远不会联系云天明。没有阶梯计划,云天明只是程心生命中的路人甲,虽然在云天明的世界里,程心几乎就是全部。

> 等轻步离开的程心刚把门关上,云天明就爆发出一阵歇斯底里的狂笑。
>
> 真是个大傻瓜!还有比他更傻的吗?!他以为给了所爱的人一颗星星那人就爱他了?就流着圣洁的眼泪飞越大洋来救他了?多美的童话。
>
> 不是,程心是来让他死。
>
> (《三体Ⅲ:死神永生》第64页)

当云天明变得有用的时候,程心出现了。程心的圣母心好像没怎么用在云天明身上,程心是用一种最残忍的方式对待云天明。可是这个被程心残忍对待的人,是那个最爱她的人,是那个刚刚送给她一颗星星的人。

为什么很多读者非常讨厌程心?和程心对云天明的态度

有很大的关系。

从云天明的角度来讲，最爱的人要他主动接受最痛苦的死亡方式。普通的爱本来都是求回报的，求对等的，希望得到对方的反馈的，这才有了"相爱"这个说法。云天明的爱已经超越了这一切，现在最爱的人连让他安安静静去死的愿望都不能满足他。

错了，她给他的死法并不安乐。

姐姐让他去死，只是怕他白花钱，这完全可以理解，况且，她是真心想让他死得安乐。但程心，却想让他成为死得最惨的人。云天明惧怕太空，同每一个学航天的人一样，他比别人更清楚太空的险恶，知道地狱不在地下而在天上。而程心，想让他的一部分，承载灵魂的那一部分，永远流浪在那无边无际无限寒冷的黑暗深渊中。

这还是最好的结果。

如果他的大脑真如程心所愿，被三体人截获并复活，那才是真正的噩梦。那些冷酷的异类会首先给他的大脑连上感官接口，然后做各种感觉的输入试验，对他们最有吸引力的当然是痛苦感，他们会依次让他体验饿感、渴感、鞭打火烧的感觉、室息的感觉，还有老虎凳和电刑的感觉、凌迟的感觉……他们会搜索他的记忆，看看他最惧怕的酷刑是什么，他们会发现的，那是他从某个变态的历史记载中看到的：首先把人打得皮开肉绽，然后用纱布裹紧他的全身，当一天后血干了，再嘶嘶啦啦地把纱布全扯下来……如果搜索，他们会发现他的这个恐惧，然后他们会把撕纱布时的感觉输入他的大脑。历史上真正经历那个酷刑的人很快就死了，但他的大脑死不了，最多也就是休克，在他们看来也就像芯片锁死一样平常，重新启动后可以再试，一遍遍地试，出于好奇，或仅仅是为了消遣……他没有任何解脱的可能，他没有手和身体，咬舌自杀都不可能，他的大脑就像一节电池，一遍遍地被充入痛苦的电流，绵绵无期，永无止境。

（《三体Ⅲ：死神永生》第64~65页）

这些都是云天明最爱的程心给他准备的道路。

云天明需要自己选择是不是甘愿走上这条道路。一个普通人，这么深切地爱着一个人，这种爱被这样辜负，他当然会拒绝，还是歇斯底里地拒绝。他不但会拒绝，还会对程心由爱转恨，生活中夫妻反目成仇往往都是这种由爱转恨。

云天明痛苦过，哭过，也歇斯底里过，但是最后面对这个最艰难的考验，他只是淡淡地说了一句话：

"好的，我接受。"

云天明真正实践了什么是不求回报的爱。用最艰难的路来考验他，用最难的困境来折磨他，用精神的皮鞭抽打他，他还是淡淡地说："我接受。"

这就是云天明，一个性格鲜明的人物形象就这样跃然纸上。

用最艰难的路来考验人物，逼迫人物做出选择，他做出哪种选择他就是哪种性格，这是塑造人物的顶级技巧，在这方面《三体》确实是最好的范例。

二、《三体》反面人物塑造：
不虚美，不隐恶，故谓之实录

《三体》的主人公写得细腻而扎实，每一个人物都精准地写了他们的成长环境和人物回顾。他们长大以后做出的所有选择，都来源于人物回顾场面。

《三体》正面主人公写得细腻而扎实，反面人物则写得客观而冷静。

我们应该如何读《三体》

反面人物的塑造不同于正面主人公,很多文学作品在精心打造一个性格鲜明的主人公的基础上,反面人物是允许带点脸谱化的。

一个脸谱化的坏人,一个一开始就带着邪恶的目的,生下来就头顶生疮、脚底流脓的坏蛋,从功能上来说,这样的反面人物成为主人公的对手,成为和主人公对抗的反面力量是足够的。

这样有些脸谱化的反面人物,第一不会抢走主人公的风头,第二也可以突出一个"坏"字,让读者对这个人物印象深刻。

多年前笔者看过一部电视剧《寻秦记》,到现在为止所有的剧情都已经淡忘了,只对一个反面人物念念不忘。那是一个恶少,全剧的大反派,这个人出场的时候在和自己的家丁一起踢足球。一个家丁比恶少踢得好,他恼羞成怒,要把这个家丁拖出去砍断双脚。

家丁大惊失色,跪下来求他开恩,说家里还有老母亲要奉养。

那个恶少的回答是:为免你不孝,连你的高堂也活埋了。

这个头顶生疮、脚底流脓、性格鲜明的反面人物形象生动,二十多年过去了,笔者对这个脸谱化的反面人物还是念念不忘。

然而《三体》从来不写这一类反面人物，它从来不屑于把反面人物脸谱化，它总是客观冷静地描述其人物形象和人物动机，精准地把他们当成一个个活生生的人来写，而不是把他们当成一个个剧情的工具来使用。

1. 白沐霖

（1）一个文质彬彬的年轻人

一双白皙纤细的手，一个戴眼镜的瘦弱男青年，这就是白沐霖的出场形象。

文笔出众的记者，能读得懂英文版《寂静的春天》，还有环保意识，对于保护自然、保护生态有着深深的责任感。一个理想主义知识分子形象跃然纸上。

在北大荒荒野求生的大环境下，这样的知识分子简直就是一束光，照亮了叶文洁快要幻灭的心灵。

这个瘦弱的理想主义知识分子，不是一个钻到自己世界里的自了汉，他还勇于担当。在那种压抑的政治环境下，他敢于给上级写信反映问题，要求保护环境，他甚至勇于承担政治风险。

见了白沐霖两三次，叶文洁的心灵之火，在父亲被批斗致死的那一刻，本来已经熄灭了，这时似乎又燃起了希望。

> 文洁起身告辞，走到门口时，她回头说："把你的外衣拿来，我帮你洗洗吧。"说完后，她对自己的这一举动很吃惊。
>
> （《三体Ⅰ：地球往事》第72~73页）

年轻的叶文洁很吃惊，她就这么快速地喜欢上了这个文质彬彬的瘦弱的男青年，自然而然发起了主动的追求。

（2）处心积虑还是临时起意

后面的剧情众所周知，白沐霖写给上级的信件被定性为政治问题，看英文版《寂静的春天》也被定义为受资产阶级思想腐化，在那个时刻，这两顶大帽子扣上来，可能一辈子就彻底毁了。

白沐霖把责任全部推到叶文洁身上，因为他的信是让叶文洁抄写的，叶文洁就这样被轻易地出卖了，一个黑五类的孩子，又被扣上了这两顶大帽子，这彻底要了叶文洁的命。

白沐霖当然是个彻头彻尾的反面人物，很多人看到这里为单纯的叶文洁受害打抱不平，真想狠狠地教训白沐霖。白沐霖是不是天生就是一个头顶生疮、脚底流脓的反面人物呢？

在这里刘慈欣不是按照脸谱化的人物来塑造他，而是用冷静客观的笔触，实实在在地去写一个生活中扎扎实实的人，尽管他是让人恨得牙根痒痒的反面人物。

刘慈欣在写到叶文洁被构陷的时候,始终从叶文洁的视角去描写,面对上级的质问,面对百口莫辩的情况,叶文洁听到的白沐霖的所有言辞都是上级调查的时候转述给她的。

刘慈欣一直都没有把笔触留给白沐霖,白沐霖构陷叶文洁的事实已经很清晰了,但是他构陷叶文洁的动机呢?

白沐霖是从一开始就打定主意设计一个陷阱等着叶文洁吗?他让叶文洁抄写信件,从一开始就存心不良。如果信件得到上级的表扬,被树为先进典型,他能得到好处而春风得意。如果信件被树为反面典型,他一开始就预备了叶文洁这着棋,把责任推到叶文洁身上。

如果这么想这个人物的动机,那么他就是脸谱化的反面人物,从一开始就处心积虑地构陷主人公。

但是也有一种可能,这个世界上并没有天生的恶人,对于白沐霖来说,他天真地以为自己是做了一件大好事,天真地以为自己保护环境的倡议会得到上级的重视和响应。他仅仅偶然间看到叶文洁的字这么漂亮,才让叶文洁抄写了一遍信件。

后来当这封信上升到政治问题的时候,白沐霖急中生智,为求自保,抛弃了叶文洁,这时他是自私的、肮脏的,但这只是临时起意的行为,并不是从一开始就处心积虑。

在一切尘埃落定之后,在旁白里,刘慈欣淡淡地交代了白沐霖的动机。白沐霖并没有处心积虑地要构陷叶文洁，对于他来说，处心积虑的大概就是政治表现，给上级写一封信，被树为典型，从此政治生涯飞黄腾达，这大概就是他写那封信的初衷。

他没有想到这封信被树为反面典型，为了脱身只好牺牲叶文洁。这么写反面人物的动机，冷静、客观、扎实，白沐霖被写得像一个活生生的人，而不是作者专门用来改变主人公处境的工具。生活中没有人是天生的坏人，如果白沐霖天生就能预见到意见信会摊上大事，他压根儿就不会去写信，而不是预先埋下叶文洁的笔迹这个伏笔。

不管是处心积虑还是临时起意，白沐霖都是反面人物，都是极度自私的人，作者一开始写他白皙的手，写瘦弱的戴着眼镜的年轻人，只不过是给反面人物一个优美的开场，形成反差而已。

然而，写白沐霖的临时起意，让他更像生活中一个活生生的人。白沐霖在整部小说中着墨不多，在反面人物里是很次要的一个角色，即使是这样的小角色，作者也写得有血有肉、扎实可靠，好像就生活在我们身边。

（3）最冰冷的现实：余生再也没对任何人提起过叶文洁

白沐霖只是一个小人物，在反面人物里也仅仅是一个匆匆过客，但是作者还是不忘交代这个小小的反面人物的结局。

> 白沐霖在《大生产报》一直工作到1975年，那时内蒙古建设兵团撤销，他调到一个东北城市的科协工作至上（二十）世纪八十年代初，然后出国到加拿大，在渥太华一所华语学校任教师至1991年，患肺癌去世。余生中他没对任何人提起过叶文洁的事，是否感到过自责和忏悔也不得而知。
>
> （《三体Ⅰ：地球往事》第75页）

《三体》对人性的刻画非常细致而深刻，对人性之恶的精准描写不禁让人倒吸一口冷气。这段平淡的仅仅是描述白沐霖结局的话，是整部小说中最让笔者感到不寒而栗的文字。第一次读到这段话笔者一带而过，第二次读到后，细想这段话背后所展现的人性，让笔者好似跌入冰窖。

白沐霖悔恨了吗？也许从他后来离开中国，去加拿大生活，并且死也没有落叶归根来说，他就是用实际行动表示了自己的忏悔。他嘴上不说，实际上内心充满深深的悔意，他已经不好意思再生活在故乡的土地上。

但是也许他出国仅仅是因为二十世纪八十年代的出国潮，仅仅是时代的随波逐流。白沐霖也许内心从来没有悔恨过，他终身没有再向任何人提起过叶文洁，也许他内心是平静的、安

资深编剧教你读小说
我们应该如何读《三体》

宁的,他并没有再去想起叶文洁,他也许根本就从没有打听过叶文洁之后的人生,叶文洁是被迫害致死还是什么结局,他压根儿就没有关注过。

为什么白沐霖从没有关心过叶文洁的结局?白沐霖并不恨叶文洁,也从没有喜欢过叶文洁,白沐霖对叶文洁的态度是冷漠的。对于白沐霖来说,叶文洁就是工具,是在自保的时候扔掉的卫生纸,人类会在乎一张卫生纸的去向吗?对于扔掉的卫生纸,人类需要再去时刻提到它,对使用过它带着深深的悔意吗?

叶文洁的人生被毁了,彻底被白沐霖的甩锅改变了,但是对于白沐霖来说,他不关心,叶文洁只是生活中的路人甲,就像使用过的卫生纸而已。

那种头顶生疮、脚底流脓,对所有的世人抱有深深恶意的脸谱化的反面人物,在生活中是不存在的,更多的只是文学家的主观臆造,有时候只是剧情的需要,因为主人公需要一个对立面。

但是白沐霖这种反面人物,才是生活中真实存在的,白沐霖没有恨意,也没有悔意,白沐霖只有专门利己,对于其他人的死活,他表现出极度的冷漠。他毫无共情能力,所以即使害得别人家破人亡,他内心也可以平安喜乐,只要对他无害即可。

到底是头顶生疮、脚底流脓，对人类怀有深深恨意的反面人物可怕，还是这种内心能够真正平和安详、毫无情绪波澜的冷漠的反面人物可怕？笔者对后者的惧怕胜过前者千万倍。

2. 雷志成

（1）担任政委：基地唯一天体物理学出身的知识分子

叶文洁是《三体》第一部真正的主人公，那么雷志成对叶文洁的态度是什么样的呢？

这个又红又专的政委对叶文洁的态度是欣赏，是讨厌，是仰慕，是有非分之想，还是因为有非分之想不得而憎恨？

什么都没有。叶文洁的生死成败，叶文洁的人生轨迹，他其实丝毫不关心。他也从没有对年轻漂亮的叶文洁有什么非分之想。

一个庸庸碌碌的作者很可能会往男女纠葛上去写——主人公叶文洁和大反派雷志成。雷志成对叶文洁垂涎三尺，但是被杨卫宁抢先一步，于是因爱生恨，所以处处为难叶文洁，处处想置叶文洁于死地，戏剧性不够强烈吗？其中，杨卫宁、叶文洁和雷志成还构成了三角感情关系，硬生生写出了琼瑶式的三角恋的架构。

《三体》写人物是非常扎实的，冷静而客观地从生活中寻

资深编剧教你读小说

我们应该如何读《三体》

找原型人物,反面人物亦是如此。

生活中没有那么多三角恋,没有那么多对谁的美貌垂涎三尺的庸俗剧情。在那个特殊年代里,像叶文洁这样黑五类出身,还犯过错误的人,雷志成对和她发生任何情感纠葛都是极力避免的。杨卫宁因为和叶文洁结婚还丢了前途,丢了总工程师的职位。

现实生活中并非人人都俗不可耐,雷志成也许对女色根本就不上心,对于叶文洁的年轻美丽,他可能毫不在意。

不管是帮助还是加害叶文洁,雷志成所有的态度、所有的手腕仅仅是因为叶文洁有用。

雷志成是难得的高级知识分子出身的政委,他还是基地唯一天体物理学出身的知识分子。对于他来说,叶文洁所有的研究成果,都可以归到他的名下,叶文洁可以让他变成又红又专的典型。

这就是他和叶文洁所有关系的总源头和出发点。

叶文洁只是他职业前途、向上奋力攀登的工具,就像一架梯子。人会对一架梯子产生什么感情呢?无所谓爱,无所谓恨,无所谓什么感情,如果梯子有用就搬过来使用,还可以尽心地擦拭和保养,如果没用就收起来,如果挡路就砸掉。

这就是雷志成对叶文洁的态度。

从进入红岸基地开始,雷志成对叶文洁一直就是这个态度。她是他晋升的阶梯，她对自己的科研成果没有任何的处置权，都可以归到他的名下，那么他可以在力所能及的范围里照顾她。

当雷志成发现叶文洁和三体人联络，甚至获得了三体人的反馈的时候，他身上没有什么歇斯底里的政治觉悟、高风亮节的意识，他像一个普通人一样，感觉到这一点奇货可居。世界上第一个证实外星人存在的殊荣就要落到他的头上了。

雷志成做出的这个选择完全是和之前人物的塑造一以贯之，叶文洁违规的行为他不在乎，他在乎的是叶文洁的行为带来的成果。他对独享发现外星人这个殊荣如此痴迷，最终葬送了自己的性命。

（2）没有共情能力：最真实也最可怕的反面人物

连续分析了白沐霖和雷志成两个反面人物，你会发现，他们陷害主人公，让主人公陷入绝境，但是他们对这个世界并未抱有恶意，他们不是天生的坏人，也不是天生的小丑，并不能从主人公的痛苦、绝望中获得什么快感。

他们对伤害主人公这件事本身并没有兴趣，他们只对利益感兴趣。所谓"匹夫无罪，怀璧其罪"，叶文洁有那些科研成果，还有第一个发现外星人的殊荣，对不起，这个奶酪是雷志成的，她不能共享。

这样写反面人物，冷静而扎实，贴近现实生活。想想看，现实生活中有多少真的仇恨？有多少人真的对这个世界天生抱有深深的恶意？现实世界里，大部分人并不会对别人抱有天生的恶意，他们对别人的伤害更多的只是因为"匹夫无罪，怀璧其罪"。

这些反面人物更贴近现实生活，他们不像漫画人物，张牙舞爪，但是内容空洞，所有的行为逻辑都是作者强加给他们的，这些反面人物好像也生活在我们身边，是一些活生生的人。

这些人虽然真实，但是也极其恐怖。因为他们有一个共同的特点：没有共情能力。

没有天生的恨，也没有天生的爱，世界上熙熙攘攘的人群，人人都想要获得利益，人人都想要在这个利益场里获得好处，那么白沐霖、雷志成这样的人和普通人有什么区别呢？

他们毫无共情能力。

为什么大部分人是善良的？因为他们有共情能力，他们会为别人的痛苦感同身受，他们不忍心看到身边的人遭难，尽管这种苦难没有发生在自己身上。

人类和动物很大的一个区别，是人类有共情能力。

杨卫宁为什么会和叶文洁结婚？也许是因为叶文洁年轻漂亮，也许是因为杨卫宁对叶文洁的人生有一种怜惜之意。

第二章

人物塑造篇：破解《三体》人物塑造之谜

这个女孩已经够惨了，经历了父母反目，经历了目睹父亲被批斗致死，经历了白沐霖的构陷、背叛，这个女孩已经心如死灰。凡是稍稍心软的人，了解叶文洁的人生，都会感到难过，感到惋惜，为这个不幸的女孩流几滴眼泪。

杨卫宁对叶文洁就应该有这种同情、怜惜之意。所以，在可能的情况下，杨卫宁都会想尽办法保护叶文洁。在这个世界上经历了这么多冷硬荒寒，已经心如死灰的叶文洁能和杨卫宁结婚，也完全可以理解，这个世界上能给她一点同情和怜惜的只剩下这个人了。当然，一个人已经心如槁木，发生不了什么剧烈的爱情，所以最后必要的时候不得不放弃杨卫宁，叶文洁毫不犹豫。

然而白沐霖、雷志成是没有共情能力的。当她挡路的时候，白沐霖会毫不犹豫一脚把她踢开，他确实丝毫不关心她的死活。他对别人的死活漠不关心到什么程度呢？白沐霖甚至终身都没有再提起叶文洁一个字，他甚至都未必会去打听叶文洁的结局，因为他不关心。

当一个人没有共情能力的时候，是最恐怖的。他的内心把整个人类社会当成一个狩猎场，所有的野兽都关在笼子里追逐和撕咬，每一个人都在追逐、撕咬他人，等着把别人吃掉和避免被别人吃掉。

抱有这种观念的人，甚至比带着深深恶意的怼天怼地的人还要可怕,他们的身上缺少人类的一个基本品质:共情能力。

(3)三体人:我不是人类,我没有共情能力有错吗

《三体》里,最大的反面人物就是三体人。

这些三体人一心想要毁灭人类,这些三体人对人类极其残忍,当占领地球之后,他们强迫所有人类都迁移到澳大利亚,甚至要求人类在澳大利亚互相残杀,从同类的身上获得食物。

毁灭人类世界的三体人恨不恨人类?获得了很多人类的知识,爱上人类的电影、文艺的三体人爱不爱人类?应该是不恨也不爱。

三体人对人类的态度是客观而冷静的。对于他们来说,人类只是工具,当人类的电影、文艺、童话能为他们所用,为他们所欣赏的时候,他们就立刻接纳。但是当太阳系有一颗稳定的恒星太阳,有永远的恒纪元的时候,他们就要奴役人类,就要毁灭人类。不是因为他们对人类有什么爱恨情仇,只是因为"匹夫无罪,怀璧其罪"。

三体人作为全书最主要的反面人物,对人类犯下了严重的罪行,他们的立场其实和白沐霖、雷志成对叶文洁的立场是一致的。他们只是把人类当成工具而已,他们不会对工具产生爱恨情仇，需要的时候他们小心保养工具，工具挡路，他们就把工具一脚踢开。

我们当然会严厉地批评，白沐霖、雷志成把别人当成工具，毫无共情能力，这是极端冷酷的行为，不具备基本的人性，要退化到动物行列了。

问题是三体人并不是人类。人类觉得，人之所以为人，人之所以和野兽区分开，就是因为人类有同情心，有善意。完全没有同情心的人，和畜生没有区别。可是三体人不是人类，他们没有人类的道德约束，也没有经历人类所谓的"文明的进化"。

三体人的世界从来就是一个弱肉强食的世界，宇宙的发展也一直都是黑暗森林法则，谁都是拿着猎枪的猎手，随时准备把对方一枪毙命。三体人秉承宇宙的黑暗森林法则，又有什么错呢？

刘慈欣在这里没有给我们答案，只是提出了问题，他没有把外星生命写得青面獠牙，也没有把外星生命写得慈眉善目，外星生命只是执行了宇宙通行的法则，在这个法则里，人类会被毁灭和奴役，那你如何评价这些反面人物？

"生存本来就是一种幸运，过去的地球上是如此，现在这个冷酷的宇宙中也到处如此。但不知从

我们应该如何读《三体》

什么时候起，人类有了一种幻觉，认为生存成了唾手可得的东西，这就是你们失败的根本原因。进化的旗帜将再次在这个世界升起，你们将为生存而战。我希望在座的每个人都在那最后的五千万人之中，希望你们能吃到粮食，而不是被粮食吃掉。"

（《三体Ⅲ：死神永生》第170页）

当三体人再次在人类中举起进化的旗帜时，并且告诉人类这是冷酷宇宙的通行法则的时候，他们是反面人物吗？他们是正面人物吗？

他们是活生生存在的一群生物。

刘慈欣就这样把这些三体人写出来，不虚美，不隐恶，故谓之实录。

三、《三体》次要人物塑造：一颗颗闪光发亮的螺丝钉

刘慈欣在写主要人物的时候，写得非常丰富。他把主人公的成长环境、人物回顾、人物行为的逻辑和动机都写得非常清晰，而且善于从反面塑造人物，完整地写出人物的成长经历。所以，他塑造出拯救人类世界的平庸小人物罗辑，塑造出

悲观逃跑的钢铁英雄章北海，塑造出拥有圣母心的程心。

然而刘慈欣塑造次要人物的时候，完全是用另一种写作手法：

攻其一点，不及其余。

作者对次要人物的塑造不走丰富路线，不走深刻挖掘路线，只是突出次要人物身上的一个特点。把一个特点发挥到极致，也会让人印象深刻。

《三体》洋洋洒洒近百万字，篇幅巨大，人物众多，世界观极其宏大，作者要写的东西实在太多了。在次要人物身上，就没有浪费太多的笔墨，只要能精准地抓住次要人物的一个特点，把这个特点写到极致，也能让读者记住这个人物。这种写作手法也可以把次要人物和主要人物区分开，免得喧宾夺主。

1. 维德：一台精准专业的永动机

（1）你会把你妈卖给妓院吗

维德见到程心的第一句话，就是这个让人震撼的疑问句。维德是在告诉程心，做情报工作最需要的素质：冷酷，摒弃一切感情，做一台精准专业的永动机。

从维德这个人物一开场，作者就紧紧抓住了维德的这个特点，攻其一点，不及其余。

资深编剧教你读小说
我们应该如何读《三体》

维德唯一的个性就是：专业而精准，是一台永远不出错的永动机。

维德好像就是为情报工作而生，他要把精准专业的情报工作做到极致，他之后所有的行为，做出的所有的选择，都遵循这个原则展开。

当几乎所有人都反对程心的阶梯计划的时候，维德支持程心的阶梯计划，在他看来这是情报工作的极致。用一个冒险的计划，安排一个人进入三体世界，这个计划刺激而大胆，如果能够完成，一定会创造世界情报工作的奇迹。维德对于这个计划，就好像一个酒鬼，忽然拿到一瓶陈年老酒，实在是必须尝之而后快。

当发现因为重量问题，运送一个完整的人体几乎不可能的时候，维德毫不犹豫地提出只运送一个人的大脑过去。

在拥有圣母心的程心看来，这意味着要把云天明的脑袋和身体分开，这多么残忍，可是在精准的永动机维德看来，云天明本来就是一个身患绝症的将死之人，脑袋和身体分开又如何？当然，以维德的性格，可以随时把妈妈卖到妓院，眼睛都不眨一下，云天明即使健康得如一头水牛，需要切下他的脑袋的时候，维德也会毫不犹豫，笔者甚至觉得在需要的时候，如果切下维德自己的脑袋，去执行阶梯计划，他也会毫不犹豫，他的一切行为、一切逻辑都围绕着做精准的情报工作的永动机展开。

维德的心里只有精准的工作，这就是至高无上的原则，他摒弃感情，摒弃欲望，摒弃良知，摒弃一切影响情报工作属性的东西。

维德对程心是相当欣赏的，但是他对程心的欣赏是因为程心的专业，程心在情报工作中的奇思妙想。程心能提出阶梯计划，这一点让维德非常认同程心，把她当成情报工作的奇才。但是另一方面，维德从第一次看到程心开始，就极端厌恶程心身上的圣母心，讨厌她身上的感情泛滥，这是情报工作的大忌。所以，维德第一次见到程心，就问她：你会把你妈卖给妓院吗？

从维德的角度来讲，他本能地感觉到，这个女孩也许很有天赋，但感情过于丰富是她无法成为一台精准专业的永动机的致命伤。维德自己是一台精准专业的情报工作的永动机，他希望所有像程心这样有天赋的人，都向他靠拢。

你只有理解维德对程心的欣赏，才能理解维德为什么对程心说那句话。

"哦，还有一个惊喜：你的那颗星星是他送的。"

（《三体Ⅲ：死神永生》第 71 页）

很多人解读这是维德的恶作剧，这是维德一贯的习惯，

资深编剧教你读小说

我们应该如何读《三体》

希望欣赏别人的痛苦、绝望。这种判断完全错误，完全是误读了维德这个人物。

维德是为情报工作而生的永动机，他欣赏程心的天赋，欣赏她提出阶梯计划的奇思妙想，但是在他看来，影响程心成为顶级情报官的障碍就是她心太软，爱心泛滥。所以，维德一直用绝望刺激程心，维德一直嘲笑程心的爱心，把程心的爱心一次一次地按在地上摩擦。

他要让程心的内心彻底麻木，可以像他一样，做一台冰冷精准的机器。所以，他所有的精神折磨都冲着程心而去，其他没有天赋的人，维德才懒得折磨他们。

对于维德这种人来说，所有人类的情感都会影响他的精准性，影响他成为一台冷酷的永动机。程心身上泛滥的圣母心是这样，所谓人类绝望的感情也是这样。

"以后不允许出现这样没有意义的精神失控，你们只能前进，不择手段地前进！"

（《三体Ⅲ：死神永生》第57页）

当程心稍微表现出一点失望甚至绝望的时候，维德是非常愤怒的。绝望这种情绪只会让你失去判断能力，摒弃所有人类的感情，摒弃所有人类的情绪，只能前进，不择手段地前进。这才是维德永恒的真实想法。

所以，维德对程心的那些残忍，在程心已经选定云天明执行阶梯计划的时候，维德才把那颗星星是云天明送给程心的这句话说出来，只是维德给程心开出的药方罢了。你圣母心泛滥，我就让你尝尝绝望，让你尝尝痛苦的背叛。你的神经被折磨了吧，你开始冷酷了吧，你开始适应没有感情的生活了吧，你离成功就不远了。这就是维德的人生哲学。

当然，如果程心被折磨到发疯呢？维德只会耸耸肩，那么看来你真的不适合做情报工作，是我看走眼了。维德就是这样一种人，他的生活就像一台精准专业的永动机一样，每一分、每一秒都精准地摆动，毫无偏差。

（2）钟摆永远精确，永不停歇

维德就像是一个超级精确的钟摆，他的每一次摆动都是最精准专业的，而且永远摆动下去。

在选择新一代执剑人的时候，维德认为自己最适合接替罗辑做执剑人。因为他精准冷酷，丝毫不会感情用事，在他看来毁掉人类世界不需要犹豫一秒钟，他构成了对三体世界的最强威慑。

然而程心这个绊脚石挡在前面，这个圣母心泛滥的人根本就不适合做执剑人，她大概是地球上最不适合做执剑人的人选。

我们应该如何读《三体》

维德的判断是准确的,三体人对他们的评估也完全印证了维德的判断。

"知道吗?在我们的人格分析系统中,你的威慑度在百分之十上下波动,像一条爬行的小蚯蚓;罗辑的威慑度曲线像一条凶猛的眼镜蛇,在百分之九十高度波动;而维德……他根本没有曲线,在所有外部环境参数下,他的威慑度全顶在百分之一百,那个魔鬼!"

(《三体Ⅲ:死神永生》第 146 页)

借智子之口,刘慈欣把三个人做执剑人的不同品质交代给读者。维德因为摈弃了一切人类的感情,摒弃了一切人类的欲望,放弃了一切所谓的妻子、孩子、家庭、朋友的拖累,所以他永远是百分之百的精准、百分之百的威胁度。

维德是新执剑人的最佳人选,但是偏偏程心的呼声最高。如果让全世界来投票,程心一定高票当选。维德这时做出了自己的选择,还是像那个永不停歇的精确的钟摆。

干掉程心,干掉其他候选人,维德自然就是新的执剑人。

思维直接而精确,没有丝毫拖泥带水。程心曾经是维德的下级,两人一起联手执行了阶梯计划,难道维德就一点都不念旧?对于干掉自己的老部下,他就没有一丝一毫的犹豫?有犹豫就不是维德，本来就是一台冷酷的机器，他立刻执行了刺杀计划。

最终刺杀计划失败，程心顺利地成为新的执剑人，实际上更多的是为了剧情的需要。我们从一开始就说了，要想作品有戏剧性，人物与任务之间的大反差是一切精彩的来源。

让拥有圣母心的程心来做执剑人，亲自面临人类的末日审判，这才是戏剧张力所在。也正是因为程心放弃了毁灭全人类，后来人类被三体人奴役的剧情才能展开，这些都是写作手法和剧情需要所致，但是维德这个最精确的钟摆，最适合做执剑人的次要人物的刻画也很精彩，让人赏心悦目。

维德的高光之处还不仅仅如此。

当三体星系被宇宙黑暗森林里的猎手摧毁之后，太阳系也面临同样的命运。这时人类设想了三种自救的方案：掩体计划、黑域计划、光速飞船计划。

掩体计划可以救助大部分人类，成为人类执行的主流。光速飞船计划只能让极少数的人类登上光速飞船，飞向下一个适合人类生存的星系，因此一旦执行这个计划，就会在人类中产生极大的纷扰。

谁能登上这艘挪亚方舟，谁能有船票？光速飞船还没有制造出来，人类已经吵翻天，甚至产生了争斗。于是，人类世界禁止了光速飞船计划。然而，维德这批人悄悄地暗中执行这

资深编剧教你读小说
我们应该如何读《三体》

个计划,在程心冬眠的时间里,他们悄悄地卓有成效地推进了光速飞船计划。人类政府发现了维德的行为,要阻止他们推进光速飞船计划。维德的人马发生了叛乱,他们甚至威胁要和人类政府同归于尽。

程心从冬眠中醒来,当她去找维德,要求维德停止抵抗,中止光速飞船计划的时候,维德立刻同意了,并且放弃抵抗,交出武器投降。

很多人对维德这时的选择大惑不解。维德会这么听程心的话?维德是程心的什么人?两个人感情这么深厚吗?为什么人类政府要阻止维德,维德都要拼死反抗,维德看到程心却立刻做出投降的选择?

维德对程心没有什么感情,选执剑人的时候,他甚至还刺杀过程心,只要是挡在他前面的绊脚石,他都毫不犹豫一脚踢开。

维德不仅对程心没有感情,他对所有人都没有感情,他从来就是竭力把自己变成一台冷酷无情、精准运转的机器。

维德这时肯听程心的话,唯一的理由就是:维德一开始就和程心约定好了。维德的计划是使用程心掌握的资源,维德答应程心,是否执行这个计划,他只听程心的。程心如果什么时候说中止计划,他就立刻中止。

维德像是一台冷酷精准的计算机,他永远跟着程序走,

第二章
人物塑造篇：破解《三体》人物塑造之谜

他之前输入的指令是：光速飞船计划执行与否，都由程心决定。这时程心只要输入指令，维德就像计算机那样，立即执行那条指令。他并不是没有做是非判断，他在最后时刻还劝程心，"失去兽性，失去一切"。如果停止光速飞船计划，很可能葬送人类最后一颗希望的种子。但是程心还在输入计划中止的指令，只要她输入了指令，维德永远都会立即执行指令，哪怕这个指令会葬送人类，会让他被判处死刑，他也毫不犹豫。

一个永远精确的钟摆，分毫不差。

（3）谢谢你的雪茄

维德留给程心、留给这个世界的最后一句话就是：

"谢谢你的雪茄。"

维德因为带领反抗军背叛人类政府，还妄图与人类政府对抗，被判处死刑。在《三体》的世界里，死刑是用激光把身体气化。

在维德临死前，程心送别他的时候，他说出了最后的遗言，是感谢程心送给他的雪茄。

维德一辈子矢志不渝做一台精准的永不出错的永动机，他用一辈子来摒弃感情，摒弃人类的欲望，把自己打造成一台没有感情的无比精准的机器。

维德做得非常完美，即使是在三体人的评估中，他也是最完美冷酷的武器，他的威慑度永远达到百分之百，任何环境、任何参数下都不会波动。这是最冰冷的机器，很难相信这是一个有血有肉有大脑的人类。

在做了一辈子完美的武器、冷酷的永动机之后，在被执行死刑前的最后一刻，维德终于流露出一点点人类的欲望。

"雪茄很好抽，谢谢你的雪茄。"

抽雪茄，吃美食，与异性亲热，这些都是人类基本的欲望。维德一生都在摒弃这些欲望，害怕欲望会影响他的冷酷和精准。然而在离开这个世界的最后一刻，他终于流露出人类最基本的欲望之火。

"雪茄真好抽，谢谢你。"

这一刻，维德忽然从一台冰冷的机器变回了一个喜欢口腹之欲的普通人，抽一根古巴雪茄就很欢乐。

维德把自己的人生打造成精准冷酷的机器，在最后一刻，作者回龙一笔，仿佛维德变回了一个贪图口腹之欲的普通人。

2. 史强：另一台精准专业的永动机

（1）最完美的命令执行者，最精准的螺丝钉

史强警官就是一颗最精准完美的螺丝钉。这就是这个人物身上的全部。作为警官，他尽忠职守，专业技能精湛而

第二章
人物塑造篇：破解《三体》人物塑造之谜

突出。

当第一次见到罗辑的时候，史强陪着罗辑博士漂洋过海来到联合国大会。一路上，他对于此行的目的地守口如瓶，尽管罗辑多方怀疑、多方揣测，史强就像是一个锯了嘴的葫芦，一句话也没有透露，只任由罗辑胡乱揣测。但是在细节上，他则表现出一个老刑警的干练和老道。

飞机要飞越太平洋，还要空中加油，时间非常长，因为害怕罗辑不耐烦，史强警官贴心地为罗辑准备了安眠药。

当罗辑睡不着的时候，伸手去拿安眠药的瓶子。

> 罗辑翻身下床，拾起药瓶，发现大史真仔细，里面只有一片药。
>
> (《三体Ⅱ：黑暗森林》第76页）

史强给罗辑准备了安眠药，但是连剂量都精准计算，让他连吞安眠药自杀的希望都不存在。实际上，罗辑当时还处于完全懵懂的状态，满肚子的疑惑，不知道自己为什么被如此特殊对待。罗辑喜欢到处约会，是一个今朝有酒今朝醉的疲懒人，对于声色犬马情有独钟，他大概是世界上最不会自杀的一类人。

即便如此，史强仍然不敢懈怠，给他准备的安眠药药瓶里只有一片药。即使只有百万分之一自杀的可能，他也要把这种可能扼杀在摇篮里。

资深编剧教你读小说

我们应该如何读《三体》

史强就是这样一颗精准的螺丝钉。精确,精准,细致,从来不会出错,每走一步都经过深思熟虑,显示出一个顶级老刑警的素质。

史强这个人物出场虽多,但仅仅是一个次要人物,对于这个人物的塑造,刘慈欣秉承的思路就是突出他的一个特点即可。

史强是一颗精准的螺丝钉,除此之外,便没有其他个性了。他只是命令的执行者,永远不会做命令的发出者。但是,他是一个最完美的命令的执行者。

> 史强摇摇头,"我不知道。"他抬手制止了坎特下面的争辩,"但,先生,只是我个人不知道,不是上级的看法。这就是你我之间最大的不同:我只是个命令的忠实执行者,而你呢,什么都要问个为什么。"
>
> (《三体Ⅱ:黑暗森林》第 138 页)

这就是史强对自己的人生最好的总结,史强就是这样一颗最精准的螺丝钉,一个最完美的命令执行者。

(2)他从来拒绝哲学思考

史强这样的人,很聪明,很有才华,观察力细致,作为一个老刑警,又极有经验,为什么他总是把自己定位成一颗螺丝钉呢?而且史强是主动把自己钉在螺丝钉这个位置,他主动放弃了再进一步的可能,他把所有的聪明才智都放在了技术层面,而永远放弃战略层面。

为什么会这样呢?因为这一类人是拒绝哲学思考的。

史强这样的人永远把那些哲学层面的终极思考屏蔽,他没有兴趣去思考这些问题。

在《三体Ⅰ:地球往事》中,汪淼曾经和史强有这样一段对话:

> "大史啊,你——考虑过一些终极的哲学问题吗?哦,比如说,人类从哪里来,要到哪里去;宇宙从哪里来,要到哪里去之类的。"
>
> "没有。"
>
> "从来没有?"
>
> "从来没有。"

(《三体Ⅰ:地球往事》第95页)

这一类人很聪明,智商很高,但是他们主动关闭了哲学思考,主动关闭了人类战略层面的思考,那么他们的聪明才智如何发挥呢?在技术层面。他们会把自己的技术磨炼得极其精致,成为一颗完美的精准的螺丝钉,永不出错。但是他们却永

资深编剧教你读小说

我们应该如何读《三体》

远不会质疑一颗螺丝钉为什么需要永不停歇地转动。

在写到古筝行动的时候,史强身上那种特质发挥到了极致:没有哲学思考,没有战略层面的思考,只有精准的战术思维。

当疯狂的伊文斯垄断了人类和三体人的联系,当他把所有有价值的信息都保存在自己的一艘游轮上时,他把这些有价值的信息当成一个完美的人质,如果要逮捕伊文斯,要强攻游轮,伊文斯就可能毁掉所有的信息。

当大家一筹莫展的时候,史强提出了一个极其大胆的计划——古筝行动。

在巴拿马运河水道最窄的地方,用最强劲的纳米丝横跨运河两岸,当游轮通过运河的时候,纳米丝会切割整艘游轮,这样可以做到安静有效地干掉伊文斯,但是能够保留所有有价值的信息。

然而考虑到纳米丝最小的间距是五十厘米,再小的话材料不够,史强说出了极其冷血的话。

"得想法让那船白天过运河。"

"为什么?"

"夜里船上的人睡觉啊,都是躺着的,五十厘米的空当太大了,白天他们就是坐着或蹲着,也够了。"

响起了零星的几声笑，重压下的人们感到了一丝带着血腥味的轻松。

"你真是个魔鬼。"一位联合国女官员对大史说。

(《三体Ⅰ：地球往事》第 255 页)

刘慈欣没有写史强听到这句话的反应，大概率史强没有什么反应，倒是汪淼特地询问了会不会有无辜者。这时常伟思告诉汪淼，无辜者这件事他不用考虑，会有更高层来做决断。

换而言之，史强的反应可想而知——根本没有反应。其实有些人会觉得史强残忍，觉得史强是一个毫无同情心的人。其实这根本谈不上残忍与否，如果有过思考，在思考后仍旧做出杀死无辜者的判断和选择，这叫残忍。

船上有没有无辜者？无辜者是生是死？无辜者付出的代价值不值得？史强对这些问题根本就没有思考过。

史强从不思考哲学问题，从不思考战略问题，他只是非常精确地提出自己的战术设计——古筝行动，并且还为此沾沾自喜。

会不会有无辜者，这些无辜者是不是值得就这样被牺牲等问题，本来就不是史强这个级别的人需要思考的问题，他也从来懒得思考。

螺丝钉只是精准地转动，它并不想知道自己为什么转动。如果螺丝钉转动是因为它被安装在武器上，武器用来杀人，用来打一场侵略战争，那么应该谴责的是发动战争的人，而不是转动的螺丝钉。

史强就是这样一颗永远转动的精准的螺丝钉，尽管他有这样那样的缺点，常伟思还是非常喜欢他，非常信任他。对于一个高级军官来说，史强这样没有战略思考、只有精准战术动作的部下，一定是完美的部下。

（3）一颗带点烟火气的螺丝钉

本质上，史强和维德是一类人。精准，专业，在战术层面上是顶级的存在，但是从来不触碰战略层面的思考。他们在面临战略问题的时候，都是直接放弃，把战略问题直接下降到战术层面，轻易地把判断、选择的机会交给别人。

维德偷偷研制光速飞船，当事情败露，他带领反抗军和人类政府公开对抗、叫板的时候，程心从冬眠中醒来。程心让维德放下武器投降，维德毫不犹豫就放下了武器。

维德有没有思考过放下武器是对还是不对？拯救人类世界到底是光速飞船计划正确还是掩体计划正确？也许程心让他放下武器是断送了人类最后的希望。

从事后的发展来看，程心的选择是错误的，掩体计划根

第二章
人物塑造篇：破解《三体》人物塑造之谜

本不能拯救人类世界。

然而维德从来不考虑战略选择问题，他放下武器不是因为他觉得光速飞船计划不行，掩体计划正确。维德放下武器仅仅是因为他研究光速飞船用了程心的资源，他从一开始就承诺程心可以决定是否继续这个项目。

维德轻易地就把一个战略层面的问题直接下降到战术问题——要不要信守承诺。

一颗精准的螺丝钉是一定会信守承诺的。

在这一点上，维德和史强别无二致。也许是因为刘慈欣出身理工科，他笔下这一类屏蔽战略层面，战术层面极其精确的螺丝钉不在少数，而且人物塑造细腻而准确。除了维德、史强以外，丁仪也是这类人的典型。一辈子都献给了物理学，对于他来说，他没有花一分钟去思考人类的生死存亡，他在乎的只是物理学。

大概现实中工程师出身的作者，观察到很多这样的顶级理工科人士，从实际出发，作者把生活中观察到的这些人物活灵活现地写进了作品里。

也正是因为史强、维德、丁仪这些人物，他们从来不干预战略决策，他们只是一颗颗精准的螺丝钉，只是让人印象深刻的配角而已。所以，做战略决策的人物，如罗辑、程心、叶文洁、章北海，他们才会成为主角。

资深编剧教你读小说

我们应该如何读《三体》

史强和其他螺丝钉的区别在于：他是一颗带点烟火气的螺丝钉。

史强会骂人，会说一点点脏话，会有一点点恶趣味、恶作剧，仅此而已。史强这样的人在刑警队日子过得很艰难。虽然专业水平精湛，但是情商极低的史强在晋升之路上四处碰壁，是板上钉钉的。

这个世界上技术精湛的人，是可以被别人忽略低情商，而一样飞黄腾达的。但是史强虽然技术精湛，在现实中级别还很低，也远远不是战略级别的价值，因此职场不得志也可想而知。

史强还有一个儿子，因为长期工作忽略了和儿子的沟通与交流，儿子后来犯罪进了监狱。对于一个老刑警来说，儿子的所作所为确实是巨大的羞辱。史强最终也是一哭了事，把儿子送进监狱，让儿子好好改造。

对儿子的一点点感情，一点点恶趣味，一点点脏话，以及低情商带来的挫折，让史强多了一点烟火气，更像是生活中一个活生生的人。但是透过这些烟火气，透过这些薄薄的迷雾，史强的人物性格都蕴含在那几句话中。

考虑过一些终极的哲学问题吗？没有。从来没有。

罗辑也曾经问过史强，问他有没有在夜晚看天空，去思考一些更深、更富有哲思的问题。史强的回答是晚上从不看天，因为这样嫌疑人会逃跑。

罗辑哑然失笑，这是真正的鸡同鸭讲。罗辑最后把拯救人类的命运当成己任，守护人类长达半个世纪之久的这样一个执剑人，怎么可能和一颗螺丝钉心灵相通。

史强不过是一颗带点烟火气的精准的螺丝钉而已。

第三章
细节设计篇：破解《三体》细节构建之谜

一、草蛇灰线，伏脉千里

小说《三体》的一大精彩之处，就是刘慈欣卓越的铺垫与呼应的写作手法。

在洋洋洒洒近百万字的小说中，作者经常在不经意间就撒下文字的种子，等着日后生根发芽，开花结果。这是一个顶尖作家的常用写作手法，也是编剧在写作剧本的时候常用的写作技巧。铺垫与呼应的写作手法如果运用得当，往往会让读者大呼过瘾，欲罢不能。

铺垫与呼应的写法，本质上就是作家在写作的过程中，巧妙地留下一些经过伪装的信息。前期留下的信息看上去就是小说推进的一部分，有时候看似是不经意间留下的一处闲笔、一个细节。读者在第一次阅读这些信息的时候，往往一带而过，并没有特别关注这些信息。

然而在后面的剧情发展中，忽然出现了一段文字，这段文字和前面铺垫的信息形成了回响，读者返回去，再细细品味也许是几十万字之前的一个细节，一处不经意的闲笔，忽然明白作者前面留下的经过构思的信息，是如此有深意，是如此重要的信息。当时，信息深藏不露，貌似闲笔，当后面的文字形成回响的那一刻，读者忽然体会到之前的文字背后丰富的信息量，这就是顶尖作家常用的铺垫与呼应的艺术。

清朝曹雪芹的《红楼梦》就是铺垫与呼应艺术的精彩案例。

比如说贾宝玉给自己的贴身丫鬟起名"袭人"，是因为丫鬟本名姓花，他引用了宋朝诗人陆游的诗句"花气袭人知骤暖"，所以起名"袭人"。

书中有一回，贾宝玉和伶人蒋玉菡联诗作对的时候，蒋玉菡忽然就引用了陆游的诗句"花气袭人知骤暖"，贾宝玉顿时心里开始没意思起来。蒋玉菡见贾宝玉心里不痛快，不知道哪里得罪了贾宝玉。之后经过解说才知道，原来这句诗提到了贾宝玉最贴心的丫鬟袭人的名字，贾宝玉故此心里不痛快。于是，一帮人又继续他们的酒宴。

这看似是一处小小的闲笔，好像是生活中酒宴上一段小

资深编剧教你读小说
我们应该如何读《三体》

小的插曲，读者看过也就过去了。然而这一段就是经典的铺垫的艺术，这是留给读者的一个绝妙的伏笔。

在一百二十回本《红楼梦》的结尾处，交代了贾府败落的凄惨景象。袭人终于没法待在花团锦簇的大观园里，她出了贾府，嫁到了一户人家。

> 到了第二天开箱，这姑爷看见一条猩红汗巾，方知是宝玉的丫头。原来当初只知是贾母的侍儿，益想不到是袭人。此时蒋玉菡念着宝玉待他的旧情，倒觉满心惶愧，更加周旋，又故意将宝玉所换那条松花绿的汗巾拿出来。袭人看了，方知这姓蒋的原来就是蒋玉菡，始信姻缘前定。
>
> （《红楼梦》第一百二十回）

蒋玉菡不经意间说出的"花气袭人知骤暖"，含义如此丰富，一处看似随意的闲笔，其实是在暗示蒋玉菡和袭人最后成了夫妻，原来早就埋下袭人结局的伏笔了。

当然，有人会说一百二十回本的《红楼梦》是高鹗续写的，但是这一段是符合曹雪芹本意的，曹雪芹对袭人的判词就是"堪羡优伶有福，谁知公子无缘"。蒋玉菡在酒宴上无意提到的"花气袭人知骤暖"，和判词"堪羡优伶有福"形成了回响，这是最精彩的铺垫与呼应的艺术。

第三章
细节设计篇：破解《三体》细节构建之谜

因为《红楼梦》不但大量使用了铺垫与呼应的艺术，而且铺垫与呼应处常常离得很远，拉开的距离很大，所以有些人把《红楼梦》铺垫与呼应的艺术用很文雅的词汇来形容，叫作"草蛇灰线，伏脉千里"，《三体》铺垫与呼应的艺术也可以总结为"草蛇灰线，伏脉千里"。

1. 纳米材料与古筝行动

发文件时，史强凑近汪淼说："汪教授，你好像是在研究什么……新材料？"

"纳米材料。"汪淼简单地回答。

"我听说过，那玩意儿强度很高，不会被用于犯罪吧？"从史强那带有一半调侃的表情上，汪淼看不出他是不是开玩笑。

"什么意思？"

"呵，听说那玩意儿一根头发丝粗就能吊起一辆大卡车，犯罪分子要是偷点儿去做把刀，那一刀就能把一辆汽车砍成两截吧。"

"哼，根本不用做成刀，用那种材料做一根只有头发丝百分之一粗细的线，拦在路上，就能把过往的汽车像切奶酪那样切成两半……啥不能用于犯

我们应该如何读《三体》

罪？刮鱼鳞的刀都能！"

史强把面前的文件从袋中抽出一半又塞了回去，显然没了兴趣。"说得对，鱼都能犯罪呢！我办过一个杀人案，一个娘们儿把她丈夫的那玩意儿割下来了。知道用的是什么？冰箱里冷冻的罗非鱼！鱼冻硬后，背上的那排刺就跟一把快刀似的……"

"我没兴趣，怎么，让我来开会就是为这事儿？"

(《三体Ⅰ：地球往事》第 3~4 页)

这是《三体Ⅰ：地球往事》开篇的情节，史强好奇汪淼教授的职业，汪淼教授随口回答，自己的职业是研究纳米材料。实际上，汪淼教授被史强带进这个神秘的会议里，和汪淼教授的纳米材料没有什么关系，这就是一处闲笔，只不过满足了一下史强个人的好奇心。其实也间接满足了读者的好奇心，汪淼教授的职业是研究纳米材料，什么叫纳米材料？作者在这里给读者稍做解释。

汪淼教授在这里对自己的职业范畴做了交代，史强还自作聪明地提到自己刑侦工作的奇闻逸事，汪淼教授显然对这些不感兴趣。

对汪淼教授相关研究领域的文字，就这样一带而过，再也没有提及。好像仅仅是对汪淼教授职业的一个常规性的介绍,穿插了史强的一点自作聪明和汪淼教授的冷冰冰的回答。

接下来,《三体Ⅰ:地球往事》开始了长长的剧情,从老年叶文洁到年轻时代的叶文洁,从现代时空到"文化大革命"(简称"文革")的疯狂年代,从神秘的红岸基地到各地科学家的死亡,环环相扣,层层叠叠,步步推进。

其中夹杂着那个诡异的游戏介绍,在三体星系里,三颗太阳不规则运动的恒纪元、乱纪元此消彼长。周文王、秦始皇、墨子、牛顿……各种情节,精彩曲折。

这些精彩纷呈的情节层层展开,让人目不暇接。刚才汪淼教授对纳米材料的介绍,早就被读者抛在脑后。这些文字就这样静静地躺在小说的开头,没有多少人在意。

然而随着剧情的发展,在《三体Ⅰ:地球往事》的结尾处,剧情到了第一部的高潮。因为叶文洁和三体人的联络,导致三体人已经出发来入侵太阳系。三体人到来之前,先在地球上找到了他们的代言人——伊文斯带领的这批地球叛军。

伊文斯垄断了地球叛军和三体人的所有联络,三体人发来的信息对人类了解三体文明,进而击败三体人有战略意义。然而,伊文斯把所有信息都保存在一艘游轮上,他以这些信息为要挟,联合国也拿他没办法,因为没办法保证在不丢失这些重要的信息的情况下,可以干掉伊文斯。

当大家一筹莫展的时候,史强忽然提出了一个大胆的

资深编剧教你读小说

我们应该如何读《三体》

方案：

古筝行动。

"在运河两岸立两根柱子，柱子之间平行地扯上许多细丝，间距半米左右，这些细丝是汪教授他们制造出来的那种叫'飞刃'的纳米材料。"

（《三体Ⅰ：地球往事》第253页）

这些纳米材料可以在巴拿马运河最窄的水道处，把整艘游轮均匀地切割成几个板块，让上面的人全都死亡，但是可以很完整地保留三体人和人类联系的所有信息。计算机专家还表示，即使电脑的设备被纳米材料切割，因为是均匀切割，基本可以恢复所有的信息，不会损失多少信息。

《三体》第一部的高潮部分古筝行动，居然是使用汪淼教授研究的纳米材料。当看到《三体》第一部的结尾，第253页提出的古筝行动，读者们忽然恍然大悟，在《三体》第一部第3~4页，史强询问汪淼教授，汪淼教授随口给他介绍的纳米材料超强的硬度，其实那不是简单地介绍汪淼教授职业的闲笔，而是在铺垫《三体》第一部的高潮——古筝行动。

第4页的文字"用那种材料做一根只有头发丝百分之一粗细的线，拦在路上，就能把过往的汽车像切奶酪那样切成两半"，原来就是为后文第253页提出的古筝行动埋下的伏笔。

第三章
细节设计篇：破解《三体》细节构建之谜

读者读到这里，惊叹作者前后呼应的能力之强。一处看似闲笔的文字，写完就搁在那里。然后洋洋洒洒走过了250页，走过了几十万字的剧情，走过了整部《三体Ⅰ：地球往事》，在小说第一部结尾的高潮处，忽然呼应了小说开篇第4页的一处闲笔。这种铺垫与呼应的艺术可以说埋藏得很深，也可以说前后呼应的距离很远，是真正的"草蛇灰线，伏脉千里"。

2. 君士坦丁堡陷落与蓝色空间号

《三体Ⅲ：死神永生》的开篇，整整13页，作者书写1453年君士坦丁堡的陷落。在这个对于基督徒最重要的时刻，在君士坦丁堡城内，坐困愁城的东罗马帝国的皇帝君士坦丁十一世，赢来了一缕翻盘的曙光。

一个城内的妓女却自称"魔法师"，要扮演下一个圣女贞德。贞德拯救了法国，而女魔法师将要用自己无边的魔法拯救危在旦夕的君士坦丁堡。

这位所谓的女魔法师并不是骗子，也不是精神病患者，她当着东罗马帝国末代皇帝的面，展现了自己的神迹。她可以杀人于无形，把人的脑干抽空，大脑外部却没有一丝一毫的损伤，她可以在重重阻碍之下，轻易盗取圣杯。

当她大展神迹以后，君士坦丁十一世被她的魔法征服了，

> 资深编剧教你读小说

我们应该如何读《三体》

接下来君士坦丁十一世看到了战争翻盘的可能，只要这位女魔法师小手一挥，千里取苏丹的首级，战争的天平很可能就此改变。

然而，曾经万试万灵的女魔法师的神迹消失了，她纤弱的小手一挥，苏丹仍然安然无恙，于是君士坦丁十一世命令把女魔法师处死。在这里，刘慈欣留下了这样几段文字：

> 在塔的二层，被剑钉在墙上的女魔法师死了，她可能是人类历史上唯一真正的魔法师。而在这之前约十小时，短暂的魔法时代也结束了。魔法时代开始于公元1453年5月3日16时，那时高维碎块首次接触地球；结束于1453年5月28日21时，这时碎块完全离开地球；历时二十五天五小时。之后，这个世界又回到了正常的轨道上。
>
> 29日傍晚，君士坦丁堡陷落了。
>
> (《三体Ⅲ：死神永生》第13页)

在整部《三体Ⅲ：死神永生》的开篇，作者为我们书写了波澜壮阔的君士坦丁堡的陷落。作者妙笔生花，把当年的场景写得惟妙惟肖，犹如亲睹。然而这一切和《三体》的故事有什么关系呢？这和罗辑，和程心，和抵御三体人的入侵，有什么关系呢？

作者在详细描写了这场波澜壮阔的战争之后，笔锋一转，开始进入正题，《三体Ⅲ：死神永生》的主人公程心、云天明一个个出现，剧情一点点展开。然而，《三体Ⅲ：死神永生》开篇洋洋洒洒的 13 页历史故事有什么作用呢？作者为什么把它放在《三体Ⅲ：死神永生》的开篇？作者似乎没有任何介绍，就这样让这些文字静静地躺在那里。

就这样，这些孤零零的文字，和任何剧情都没有关联，却躺在《三体Ⅲ：死神永生》的开篇。就这样，从第 13 页开始，往前进展将近 179 页，洋洋洒洒几十万字之后，在第 192 页里，作者开始详细描述了人类是如何杀死水滴的。

人类掌握了制造四维空间的方法，在四维空间里对三维空间的水滴进行打击是轻而易举的。从高维度空间来俯视低维度空间，低维度空间里的一切细节都是摊在明面上的，不会有任何的隐瞒和障碍。在高维度空间可以轻易改变时间、改变空间的，在低维度空间里被视为不可思议的事，甚至被视为魔法。

在第 192 页，当看到蓝色空间号上的船员详细演示了高维度空间的概念的时候，刘慈欣虽然不着一笔，但是几乎所有的读者都会联想到君士坦丁堡的陷落，那个所谓的可能是人类历史上唯一真正的魔法师之死。

原来这位可以轻易盗取圣杯，可以轻易取走人的脑干而不损伤人的头骨的女魔法师,正好赶上了高维度空间碎片首次接触地球。原来在洋洋洒洒几十万字之前,在第179页文字之前,作者已经为我们预先铺垫了什么是高维度空间对低维度空间的降维打击。

我们这才恍然大悟,为什么君士坦丁堡陷落的故事会放在《三体Ⅲ:死神永生》的开篇。这是为后面蓝色空间号击败水滴,向宇宙广播三体星系坐标做了铺垫。

在前面的文字中悄悄埋下伏笔,然后洋洋洒洒几十万字,貌似读者已经忘记了这些文字,貌似作者也已经忘记了这些文字,但当呼应一出,读者骤然想起之前所有的铺垫的精妙之处。这是真正精妙的铺垫与呼应的艺术,这是真正的"草蛇灰线,伏脉千里"。

3. 钢铁意志和失败主义

章北海是一个彻头彻尾的失败主义者,他对人类能够凭借自己的能力战胜三体人毫无信心。对于他来说,拯救人类世界的唯一方法,就是坐着一艘飞船逃往下一个适合人类生存的恒星系。

章北海最终做出劫持飞船逃跑的行为,读者感受到了巨大的震撼。如果说联合国官方指定了四个面壁人,隐藏自己的想法,谋划自己的方案,那么章北海就是第五个面壁人,没有经过官方授权,但是隐藏得很深很深。

章北海在《三体Ⅱ:黑暗森林》一书的后半段,劫持飞船逃跑让人感到震惊,但是读者转念一想,为了铺垫章北海的失败主义,刘慈欣在前半段埋下了太多的伏笔。

这些伏笔和后面的呼应一旦交相辉映起来,便构成了一曲精彩的交响乐。

在章北海剧情故事的开场,为什么他直接举报了自己的搭档——舰长吴岳?章北海指出,吴岳虽然富有经验,现在看可能是一个合格的舰长,但是缺乏必胜的信念,内心充满失败主义,这是非常危险的。

从前半段的剧情来看,当读者还未体会到章北海是真正的坚定的失败主义者的时候,读者认为章北海举报吴岳不过是职责所在。因为章北海是政委,是专门负责思想工作的。读者只会感慨章北海观察之细致,对老搭档不留情面的严谨,进而对章北海渴望胜利的钢铁意志感到赞赏。

但是当最终看到章北海是真正的失败主义者之后,读者忽然明白了,章北海举报吴岳是失败主义者真正的内在原因。

章北海自己是一个内心彻头彻尾的失败主义者,他最了解失败主义者的想法,他一眼就看出了吴岳内心的失败主义,对胜利毫无信心,只不过章北海隐藏得很深,吴岳不善于隐藏而已。章北海无论如何不会允许一个失败主义者待在自己的身边,暴露自己,影响自己的计划,所以第一时间把这个不善于隐藏自己的同类剔除在计划之外。

对章北海失败主义的第二个铺垫,就是章北海用陨石子弹杀死了一群科技界的领导。这些人固执地要用化学燃料推进的火箭,按照他们的研究方法,恒星级的星际飞船变成了不可能实现的构想。这严重影响了章北海劫持一艘恒星级飞船逃跑的计划,他用陨石子弹悄无声息地干掉了这些人,并且把一切伪装成一场陨石雨。

笔者第一次读到这里的时候,内心就隐隐约约感到一丝不安。笔者对章北海正面光辉的人物形象感到了一丝疑惑。这是一个具有钢铁意志的英雄吗?这是正面人物的所作所为吗?为了完成目标不择手段也算是正面英雄人物?

在这场伪装成陨石雨的谋杀里,章北海不但杀死了阻碍他计划的几个老科学家,还杀死了和他们一同照相的几个无辜的人。他还好整以暇地认为,多杀几个人反而能模糊谋杀的焦点,更容易混淆是非,把这场谋杀当成一个简单的意外事件。

看到这里的时候,笔者对章北海的人品产生了不少的怀疑,当最后章北海劫持飞船逃跑的时候,之前心里埋藏的对章北海这个人物所有的疑惑全都呼应起来。这也是经典的"草蛇灰线,伏脉千里"的手法。

再比方说章北海身上隐隐约约的反骨、隐隐约约的不寻常的地方，作者通过另一个人物常伟思，也向读者多次做了铺垫。

> 敬过最后的军礼，特遣队开始登机。
>
> 常伟思的目光一直没有离开章北海的背影，这个坚定的战士走了，可能不会再有第二个他这样的人。他那种坚定的信念是从哪里来的？这个问题一直藏在常伟思心底……常伟思不得不承认，到最后，自己也没能彻底了解他。

（《三体Ⅱ：黑暗森林》第 233 页）

常伟思一直对章北海有所怀疑，不是因为他有些软弱，反而是因为他的意志太过坚定。刘慈欣借常伟思之口，隐隐约约向读者提出一个问题：章北海内心的坚定从何而来？在这里作者没有给出答案，就把这个疑问悄悄地放在读者的心里。

到章北海劫持飞船，露出真面目的时候，读者再回头去想常伟思的疑惑，甚至想到常伟思一度想阻止章北海进入穿越时空加入末日之战的特遣队，他们恍然大悟，原来常伟思一开始就对章北海内心的失败主义有所察觉。但是章北海隐藏得很深，常伟思也没有任何证据，所以常伟思只能带着满腹的疑惑，默默离开。

这又是对章北海最后失败主义的一个巧妙铺垫，这是一个间接铺垫,是借用另一个人物的疑惑,在读者心里埋下这样一个伏笔。

"草蛇灰线,伏脉千里",优秀的铺垫与呼应技巧,让《三体》的阅读感相当出色。

二、高塔意外:童话里,那座关押公主的高塔

高塔意外是《三体》里最常用的一种写作技巧。

所谓"高塔意外",是编剧专业的一个术语。在各个民族通行的童话故事里,都有这样一种通用范式。

王子心爱的公主被恶龙关押在一座远方的高塔里。这时王子踏上了拯救公主之路,突破了各种艰难险阻,也许还因祸得福,获得了自己专属的顶级盔甲和汗血宝马。最终王子来到这座高塔之下,他登塔拯救公主。这是故事的高潮部分,也是读者最期待的内容。

在这座关押公主的高塔里,一定会发生一个意外。这个意外是一个超级的大反转,这个反转会在一瞬间让王子的处境出现一百八十度的转折,英雄忽然就从顺境进入困境,忽然就从彻底的胜利变成彻底的失败。

这个忽然之间一百八十度的剧烈反转,往往伴有一个发

现，发现一个你之前没有注意到的隐含的真相。这个故事临近高潮部分的"发现"再加上"超级反转"，编剧行业有时候就会把它称为"高塔意外"。

一旦高塔意外出现，那么就会颠覆之前剧情所有的设定。王子之前为了拯救公主所做的全部努力、做出的所有牺牲都因为高塔意外而变得完全没有价值。

美国经典电影《星球大战》就使用了一个典型的高塔意外的技巧。《星球大战》正传三部曲，讲述的就是一个科幻版的童话故事。天行者卢克就是童话里的王子。卢克原本生活在一个安静的农庄里，然而忽然有一天，他的人生就改变了。一群人不期而至，宣称卢克是天选之子，应该由他来拯救人类世界。于是卢克被送到尤达大师那里，学到了战斗的技巧，唤醒了自己身上的原力。他也从那里得知，自己为什么是天生的拯救者，因为只有他身上才拥有原力，他要做的就是把这种天赋发挥出来。

这时在故事的另一端，拥有暗黑原力的黑武士达斯·维达为祸人间，他的老巢就是童话中那座囚禁公主的怪龙居住的高塔。天行者卢克穿过重重险阻，在电影第二部的结尾处，终于杀进高塔，直面怪龙，天行者卢克和黑武士达斯·维达在高塔上展开一场正面对决。

剧情进入高潮部分，整整两部电影的铺垫，长达四个小

资深编剧教你读小说
我们应该如何读《三体》

时的剧情,观众都在等待王子与恶龙的最终对决:卢克打掉了黑武士达斯·维达的激光剑,把他逼入绝境,接着一剑杀死黑武士,成功拯救公主,童话故事的大结局就在眼前。

然而这时出现了高塔意外。黑武士瓮声瓮气地说出了那句话:

"我是你的父亲。"

这是电影史上最著名的一个反转,也是最为震撼的一个高塔意外。这里出现了一个惊人的反转,发现一个观众所不知道的真相,为什么卢克拥有原力?为什么黑武士拥有暗黑原力?原来他们是一对父子。

这个一百八十度的转折,一举颠覆了之前所有的铺垫。之前的两部电影,四个小时的剧情,都在铺垫一件事,卢克杀死大反派达斯·维达,正义就会得到伸张,正义就会战胜邪恶,剧情就会出现大结局。

然而,这个高塔意外的出现,直接颠覆了之前所有的设定,黑武士甚至向天行者伸出橄榄枝,希望天行者和他一起统治世界,他们共同拥有原力,家族的血脉让他们高贵,家族的血脉让他们可以统治世界。

《三体》极其善于使用这种高塔意外的写作技巧,可以随时反转剧情,给读者巨大的震撼。

这里举两个例子。

第三章

细节设计篇：破解《三体》细节构建之谜

1. 章北海伟大的犹豫

在《三体Ⅱ：黑暗森林》里，章北海是一条独立、完整、精彩的故事线索，在这条故事线索结束前的最后一刻，也就是章北海牺牲前的最后一刻，作者巧妙地使用了一个高塔意外，一瞬间反转了所有的剧情，让读者大呼过瘾。

章北海出生在一个军人世家，父亲是一名严谨出色的军人，章北海一出生好像就是在模仿父亲、成为父亲、超越父亲的道路上行走。父亲去世前，他们有一次庄重而简短的对话，两位军人、两位男子汉之间完成了一次男人精神的传承。

父亲去世以后，章北海继承了父亲的遗志，进入太空军工作，为了在四个半世纪之后抵抗三体人的侵略而孜孜不倦地工作。

章北海担任政委，主要负责思想工作建设。他创造性地提出了假设，假设末日之战的时候，太空军的未来战士可能缺乏必胜的信念，由于时代的原因可能失败主义普遍蔓延，他提出了特遣队计划。

挑选一支现代的政委小分队，冬眠到末日之战前，用他们钢铁一般的胜利意志来助力太空军，解决太空军士气不足的问题。

章北海天才的设想得到了全军高度的重视，最终特遣队计划实行，他被选为第一批进入冬眠的政委。

资深编剧教你读小说

我们应该如何读《三体》

章北海在冬眠之前,为了阻止一批思想陈旧的领导干扰星际飞船计划,用几十发陨石子弹精心制造了一场谋杀案,一举干掉了这几个领导。

在之前所有的铺垫中,章北海有天才的想法,有坚定的意志去完成自己的目标,而且他的意志坚定到不为任何原则所左右。对于他来说,为了完成目标,他愿意做一个谋杀犯,愿意承担这个罪责。章北海把自己身上出身军人世家的这种坚定,甚至是不择手段展现得淋漓尽致。对于他来说,除了胜利,没有任何婆婆妈妈,没有任何拖泥带水,没有什么原则不可以被打破,没有什么恶名不可以背负。

在末日之战被唤醒以后,章北海果然被委以重任,在自然选择号上成为军官。他一掌握自然选择号的控制权,就立刻做出了一个让人瞠目结舌的决定:驾驶自然选择号脱离太空军,私下脱离末日之战,去往下一个恒星系,寻找适合人类生存的另一个家园。原来,章北海从来不相信人类能够取胜,对于他来说,人类对抗三体人是必败无疑的,那么最佳的选择就是能够带领一艘挪亚方舟,逃离这场世纪大洪水。

这时太空军政府指责章北海的叛逃行为,派出飞船来追击自然选择号,但是章北海不为所动,他冷静地告诉太空军政府,他的选择是正确的,他不是叛逃,是尽力为人类保留火种。

第三章
细节设计篇：破解《三体》细节构建之谜

为了保留人类的火种，章北海愿意承担骂名，愿意被当成叛徒，就像之前，为了完成星际飞船的建造，他愿意做一个谋杀犯，他的钢铁意志可见一斑。

水滴团灭了太空军，人类意识到自己在三体人面前不堪一击之后，章北海的自然选择号和追击他们的蓝色空间号等飞船，成为人类最后的火种。人类开始按照章北海的设计，永远离开太阳系，离开人类家园，去寻找下一个适合人类生存的恒星系。

然而这时，他们痛苦地发现，几艘飞船之间必须杀死对方，得到对方飞船的燃料和配件的补给，才有机会航行到下一个补给点，如果一同飞行，只能是燃料耗尽，大家全部死亡。

刚刚成为战友，刚刚成为人类幸存下来唯一的依靠，一瞬间又要反目成仇。

这时谁能第一个狠下心，按下那个毁灭别人的按钮，谁就能活下来。这时章北海又站在那个按钮之前，他的思考永远快人一步，当水滴团灭太空军的时候，章北海就明白，接下来一定是自相残杀，他早就做好了这个准备。

以章北海的钢铁意志，以他不怕背负恶名的坚定信念，他一定会毫不犹豫地第一个按下这个按钮。

读者一定是这么判断的，之前也做了太多的铺垫，反复告诉读者，章北海有多么坚定，他在完成目标前不会有一丝

资深编剧教你读小说

我们应该如何读《三体》

犹豫。

然而章北海犹豫了。

在做出最后决断前他曾犹豫过，曾经努力抑制住心灵的颤抖，正是心中这最后的柔软杀了他，也杀了"自然选择"号上的所有人，在长达一个月的黑暗对峙中，他只比对方慢了几秒钟。

（《三体Ⅱ：黑暗森林》第 420 页）

章北海犹豫了几秒钟，就好像历经千辛万苦的王子终于杀上了高塔，却发现关在笼子里的不是公主，原来公主本人就是恶龙。这是一个精彩的高塔意外，一下子颠覆了之前对于章北海这条线索和这个人物的所有铺垫。

作者无数次向我们铺垫章北海的钢铁意志，为什么在最后一刻，他心软了？这时读者再往前回溯，也许就能找到答案。

这个具有钢铁意志的男人，内心最深处埋藏着对父亲巨大的爱，那种深沉的男人之间无言的爱。父亲去世前，他们最后的对话很简短，但是把男人之间无言的深情都浓缩在几句简单的对话里。一个爱父亲爱得如此深沉的人，内心也有柔情，在最后几秒钟里，一辈子具有钢铁意志的章北海犹豫了，犹豫就断送了他一辈子孜孜以求的事业，从顺境一瞬间进入了逆境。

除了章北海对父亲深沉的爱，还有章北海对东方延绪那种模模糊糊的似真似幻的爱恋。他和东方延绪之间有一点男女之爱，也有一点父女的感觉，章北海是从现代去往未来的，对于他来说，东方延绪比他的年龄小太多，也有战友之间的惺惺相惜。几种感情交织在一起，让他最后犹豫了几秒钟，葬送了自己一辈子的事业。

这是伟大的几秒钟，这是人性闪光的几秒钟，章北海在这几秒钟里从神坛跌落到凡间。这个高塔意外的反转，震撼的力度，并不亚于《星球大战》里黑武士说出的那个著名的反转：

"我是你的父亲。"

2. 从光粒打击到降维打击

另一个精彩的高塔意外，发生在《三体Ⅲ：死神永生》的后半段。

《三体Ⅲ：死神永生》这部作品有一个核心情节：三体星系已经被宇宙黑暗森林的猎手毁灭了，太阳系的毁灭也会在几百年内到来，因为人类曾经和三体人联系过，向宇宙广播三体星系的坐标等于同时暴露了太阳系的坐标。

这时三体人已经不再向太阳系航行，因为这个即将被毁灭的星系，已经不具备任何生存的价值，太阳系只是在等死而已。

三体人可以不在乎太阳系的存亡，人类却要为了自己生存的唯一家园，拼尽全力去守护它。

鉴于三体星系的毁灭是遭受了光粒打击，高级外星文明用光粒毁灭恒星的方式，彻底摧毁了一个恒星系。针对这种攻击方式，人类因此设想了三个解决方案，分别是黑域计划、掩体计划和光速飞船计划。

其中黑域计划，降低光运动的速度，直接被判定为不可能实现的目标。光速飞船计划因为一旦实行会涉及巨大的社会问题，因此被禁止实施。人类动用最大的资源去执行掩体计划。

掩体计划是一个巧妙的计划，也是一个庞大的计划。它几乎把所有人类都搬到太空城里生活，太空城可以躲在太阳系最大的行星木星背后，木星可以充当人类生存的掩体。当光粒打击降临，太阳被摧毁的时候，太空城里的大部分人类可以通过掩体计划得以存活。

刘慈欣不厌其烦地向我们介绍了庞大的掩体计划，不但如此，大部分人类搬到太空城之后，整个太空城也分成了不同的社会阶层。太空城里有生活体面的精英白领，也有贫民窟，里面充斥着太空流浪汉。作者的一支笔，把掩体计划实行以后的人类社会的形态细致地描述出来。

第三章
细节设计篇：破解《三体》细节构建之谜

最终，人类等来了高级文明的打击，这时王子历尽千辛万苦，耗尽了全部的资源，已经杀得遍体鳞伤，王子终于杀到了那座传说中的高塔之下，高塔里就关着他要拯救的公主，守卫高塔的还是那条恶龙。

然而就在决战的这一刻，高塔意外发生了。外星猎手对太阳系不是采用光粒打击，而是采用降维打击。人类把所有的资源都花在掩体计划上，彻底走向了错误的方向，这个选择葬送了人类世界。

铺垫了几乎半本书的光粒打击，最终答案揭晓，却是降维打击。王子站上高塔，却发现并不是公主被关押在高塔之中，而公主本身就是恶龙。

一瞬间剧情就被反转过来，一瞬间人物从顺境到逆境进行了一百八十度的大反转，之前所有的铺垫都被颠覆了。读者的情绪受到了极大的冲击，在这种人物命运大反转的时刻，读者的阅读感得到了极大的满足。

这又是堪比《星球大战》中那个经典的高塔意外场面，当黑武士说出"我是你的父亲"的时候，整个剧情一下子被颠覆了。

当然，这里还需要一个小小的发现，为什么人类失败了？为什么掩体计划就这样轻易地葬送了人类，葬送了太阳系？这个发现在书中只是轻描淡写，却是振聋发聩的拷问。

> 人类知道掩体，难道它们就不知道？

（《三体Ⅲ：死神永生》第 414 页）

"它们"指更高级的文明，确实，这只是小小的伎俩，人类自以为得计，难道外星高级文明会看不穿？

接下来作者更是用轻描淡写，发出了震撼人心的感慨：

> 弱小和无知不是生存的障碍，傲慢才是。

（《三体Ⅲ：死神永生》第 414 页）

人类再一次死于自己的傲慢。

三、随时响起的咏叹调

《三体》之所以风靡世界，得益于作者叙事的笔触非常细腻。刘慈欣用精准的描述，为我们展现了一个具有宏大想象空间的科幻世界。从第一部《地球往事》三体星系的运行法则，到第二部《黑暗森林》的水滴与末日之战，再到第三部《死神永生》的掩体计划与太空城，我们惊叹于作者创造的庞大的想象力的盛宴。

《三体》塑造人物的水平也是顶尖的，除了让人印象深刻的主角叶文洁、罗辑、章北海、程心、云天明之外，配角维德、史强、丁仪，都写得活灵活现，千姿百态。这些笔者在前面也有详细的论述。

《三体》能够获得如此大的成功还有一个原因，就是精彩的抒情场面。《三体》在剧情发展到高潮的时候，尤其是一段小小的剧情高潮过后，特别喜欢来一段抒情的咏叹调。用这种抒情性的场面来缓解人物的压力，舒缓读者的心态。小说中随时响起的抒情咏叹调，也是《三体》写作的一大特色。

1. 幻灭时响起的歌谣

仪式感抒情场面一：洒酒敬蝗虫

在《三体Ⅰ：地球往事》里，当人类得知三体人的舰队已经出发，四个半世纪后将到达太阳系，人类面临种族灭绝危险的时候，人类千方百计地自救。

然而，这个世界上还有人坚定地站到三体人一边，坚定地认为人类就应该这样灭亡。这些反叛军，这些降临派，通过智子和三体人交流，出卖人类的大量情报。

人类政府千方百计抓捕这些降临派，千方百计找到他们和三体人联络的信息，最后终于找到了他们和三体人联络的方式。

当三体人意识到，和他们联络的不再是降临派，不再是

> 资深编剧教你读小说

我们应该如何读《三体》

他们的地球同盟军,而是人类正统政府的时候,三体人只是轻蔑地给了全体人类一句留言:

你们是虫子。

这是对人类文明的最大侮辱,但是从文明的层级来说,也许三体人说的是实话。相对三体文明来说,人类的文明层次也许大于人和蝗虫的差距。

人类还一次又一次地用无知和傲慢来秀自己文明的力量。几百年后,建造了庞大的太空舰队之后,人类还无知地以为自己占尽优势,甚至已经在讨论如何处理将来被击败投降以后的三体人。

三体人甚至没有出现,仅仅派来一个小小的水滴,就团灭了整个人类用几百年时间研发的庞大的太空舰队。

当意识到人类的渺小,人类文明在三体文明面前只是虫子,当这句话被三体人切切实实说出来的时候,书中的史强、丁仪这些角色想必感受到了一种巨大的幻灭感。读到这里,读者大概也有一种巨大的幻灭感。

这时作者就采用一种抒情的方式来宣泄读者的情绪,这种抒情的方式是设计一种仪式感。

> 太阳被一小片黑云遮住了,在大地上投下一团移动的阴影。这不是普遍的云,是刚刚到来的一大

群蝗虫，它们很快开始在附近的田野上降落，三个人沐浴在生命的暴雨之中，感受着地球生命的尊严。丁仪和汪淼把手中拎着的两瓶酒徐徐洒到脚下的华北平原上，这是敬虫子的。

（《三体Ⅰ：地球往事》第 297 页）

这个仪式感抒情场面很好地舒缓了人物和读者心里的情绪，好像是想通过这个如祭祀一般带有仪式感的场面，让积压在读者内心的情绪有一个释放的通道。

《三体》之所以这么成功，和作者非常善于调节读者的阅读情绪有重要的关系。在剧情紧张的时刻，作者一门心思发展剧情，让读者一次把剧情看个够，一次把想象力体验够。但是在剧情告一段落的时候，当《三体Ⅰ：地球往事》即将结束时，剧情有一个小小的间歇期，作者就放上一个抒情场面，来缓解和调节读者的情绪。

读者就在作者这样张弛有度、松紧结合的文字的调节下，获得了一种极好的阅读感。

仪式感抒情场面二：墓地和长明灯

在《三体Ⅱ：黑暗森林》里，当人类建造了庞大的太空舰队，当人类开始自信满满地等待着三体舰队的到来，觉得人

资深编剧教你读小说
我们应该如何读《三体》

类太空舰队战胜三体文明已经板上钉钉。人类甚至傲慢地已经想投票来决定,到底赋予投降的三体人什么地位,在哪里安排投降的三体人居住。

这些无知的傲慢终于在某一刻被打得粉碎。

三体文明的水滴到达了太阳系,一个小小的水滴,就把人类花了几百年打造的庞大的太空舰队全灭了。水滴以不可思议的物质密度、不可思议的速度、不可思议的转弯角度,打破人类已知的一切物理规则的方式,给傲慢无知的人类上了一课。

在三体文明面前,人类文明确实是虫子。

这时幸存的几艘飞船将要肩负着人类最后的希望,迅速逃离太阳系,去往下一个适合人类生存的恒星系,为人类保留最后一颗火种。

这几艘幸存的飞船就成了人类的挪亚方舟,成为人类的又一个伊甸园。

当这个伊甸园刚刚建立的时候,似乎大家还有一点浪漫的情怀。飞船上在选举,在制定宪法,在建立社会秩序。在人类的绝望里,毕竟好像还看到了一丝理性的光芒。

然而接下来让人类更绝望的事发生了,几艘飞船还来不及延续自己的浪漫,就必须自相残杀,夺取对方飞船上的资源,让自己可以航行到下一个补给点,否则就是抱着一起死。

谁最残忍,谁第一个下手就能活下来。

第三章

细节设计篇：破解《三体》细节构建之谜

在经历了一场互相残杀之后，幸存下来的是蓝色空间号。在经历了这场黑暗的杀戮之后，读者一时间经历了太多情绪的冲击，一会儿为人类太空舰队的庞大而自豪，一会儿为水滴的强大而瞠目结舌，一会儿为人类幸存的伊甸园感到欣慰，一会儿为他们的自相残杀感到痛苦。

在经历这些情绪的冲击之后，读者急需一种情绪的舒缓，需要一个场面放缓剧情，让读者内心积压的一口气透出来。

这时刘慈欣写了一个仪式感抒情场面——墓地和长明灯。

"蓝色空间"号把已被切割成多段的三艘战舰的残骸围成巨石阵的形状，构建了一处太空陵墓，在这里，为黑暗战役中的全体死难者举行了葬礼。

"蓝色空间"号身着航天服的一千二百七十三人组成的方阵悬浮在陵墓的中央，他们是星舰地球现存的全体公民。在他们周围，飞船巨大的残骸像山峰般围成一圈，残骸上被切割的裂口像漆黑的大山洞，四千二百四十七名死者的遗体就放在这些残骸中，活着的所有人都处于残骸的阴影里，仿佛置身于深夜中的山谷，只有残骸间的缝隙透进银河系冰冷的星光。

葬礼中，所有人的心情都是平静的，太空新人类已经度过了婴儿期。

资深编剧教你读小说

我们应该如何读《三体》

> 一盏小小的长明灯亮了起来，它是一个只有五十瓦的小灯泡，旁边还有一百个备用灯泡，可以自动替换损坏的灯泡，长明灯的电源来自一个小型核电池，可以连续亮几万年。它那黯淡的光亮好似山谷中的烛光，在残骸黑暗的高崖上投下一小圈光晕，那片被照亮的钛合金壁上镌刻着所有死难者的名字，没有墓志铭。
>
> （《三体Ⅱ：黑暗森林》第421~422页）

作者在这里用了一个大规模的仪式性的场面来抒情，来咏叹人类的一曲挽歌。这仿佛是失去了地球家园，永远踏上流浪旅程的太空新人类的一曲挽歌。

用仪式感抒情场面来缓解读者的情绪，是小说《三体》的一大特色。在剧情发展到一个阶段，情节先告一段落的时候，适时响起的咏叹调，一唱三叹，让读者积压在心中的情绪可以得到一个有效的发泄渠道。这种抒情场面的频繁运用，是《三体》获得成功、获得读者极大认可的重要因素。

2．一柄利剑直插心脏：用抒情的笔调来写美景

《三体》的抒情性文字篇幅很大，写得非常精彩。对于剧情、故事、人物，总是一唱三叹，不时响起抒情的咏叹调。

第三章
细节设计篇：破解《三体》细节构建之谜

前文我们重点讲述了《三体》的第一种抒情方式：仪式感抒情场面。那么，《三体》的第二种抒情方式是景物描写。

每当情节告一段落，每当整部小说剧情发展的节奏需要做一个小小舒缓的时候，这时作者就会适时插入景物描写，让蕴含情感、蕴含画面感的景物描写，来宣泄人物的情绪，来冲击读者的心灵。

比如在《三体Ⅰ：地球往事》里，叶文洁私自用太阳发射电磁波，但是她发现她的计划毫无意义，所谓的日凌干扰并没有出现，对于她来说，自己的揣测再一次被证伪之后，叶文洁坦言自己是一场梦苏醒了。

在这个情节里，主人公叶文洁经历了一场感情的冲击，经历了一次内心的绝望，这时作者巧妙地安排了一段小小的景物描写。

> 这时太阳已经落山，大兴安岭看上去是灰蒙蒙的一片，就像叶文洁的生活，在这灰色中，梦尤其显得绚丽灿烂。但梦总是很快会醒的，就像那轮太阳，虽然还会升起来，但已不带新的希望。这时叶文洁突然看到了自己的后半生，也只有无际的灰色。她含着眼泪，又笑了笑，继续啃凉馒头。

（《三体Ⅰ：地球往事》第 199 页）

我们应该如何读《三体》

大兴安岭的山顶，叶文洁沐浴在落日余晖之下，含泪笑了笑，啃着凉馒头。这已经不单单是小说情节，也是一幅肖像画。这段文字描写如果请一位画家出马，可以立刻把它画成一幅优美的油画。

读者跟着主人公叶文洁经历了一大段的剧情：叶文洁如何想到用太阳做扩大器，向宇宙发射电磁波；叶文洁如何偷偷做出这种行为，瞒着所有人；杨卫宁知道以后将会担惊受怕，嘱咐叶文洁再也不能这么私自行事；叶文洁急不可耐地希望联系美国的天文学家，希望得到日凌干扰的数据，看看她的计划成功与否。

在一大段眼花缭乱，夹杂着人物关系、人物情感的复杂变化之后，剧情告一段落，主人公叶文洁的情绪需要舒缓一下，读者的情绪也需要舒缓一下，这时作者就巧妙地写了一段大兴安岭山顶的落日余晖，暂停一下情节，咏叹一下人物悲惨的命运、悲凉的心境。这时的停顿、舒缓、宣泄有利于后面再次展开丰富的剧情。这是一个优秀的作者的写作节奏感。

3. 越排比越悲哀

《三体》抒情场面的第三种写法，是作者忽然开始写大篇幅的排比，用大量的排比铺陈来伤感，来哀叹，来哀其不幸、怒其不争。这是《三体》咏叹调响起的第三种写法。

第三章
细节设计篇：破解《三体》细节构建之谜

在《三体Ⅲ：死神永生》里，半个世纪之后，程心终于从罗辑手里接过了执剑人的角色。对于罗辑来说，守护了人类半个世纪之后，他终于放下了身上的担子，感到一身轻松。大家公认的有爱、有圣母心的主角程心开始成为守护人类的使者。

然而，程心刚刚接过执剑人这个角色，三体人就对人类发动了突袭。三体人的六个智子开始行动，十分钟之后就会摧毁人类的引力波发射器，一旦发射器被摧毁，人类就失去了用黑暗森林法则要挟三体人的权力，人类将一败涂地，被三体人奴役或者消灭。

在这十分钟里，程心要面临一个艰难的选择，按下按钮，向宇宙广播坐标，毁灭三体星系，同时也毁灭人类世界。

三体人算准了程心拥有圣母心，她是不忍心就这样亲自终结人类世界的。

在三体人的智子即将降临地球的时候，作者使用了大量精彩的排比段落，用层层叠叠的排比来抒情、来咏叹。

强互作用力宇宙探测器三个编队与地球平均距离 900 万千米，最近 750 万千米，五分钟到达地面！

空白开始消散，上方四十五千米厚的地层又显示出沉重的存在，那是沉积的时间。在最下面的一层，就是紧压在威慑控制中心上面的，可能是四十

资深编剧教你读小说

我们应该如何读《三体》

亿年前的沉积层，那时地球刚刚诞生五亿年。那一片浑浊的海，那是海的婴儿状态，海面被不间断的闪电击打着；那时的太阳，是迷蒙的天空中一个毛茸茸的光团，在海面上映出一片血红；以很短的间隔，天空中不时出现另一些光团，拖着长长的火尾撞击海面，这些陨石激起的海啸会把巨浪推上岩浆横流的大陆，水火相遇产生的遮天蒸汽云让太阳更加黯淡……与这地狱的惨烈不同，浑浊的海水中悄悄地酝酿着小小的故事。这时，有机分子在闪电和宇宙射线中诞生，它们碰撞、融合、裂解。这是一场漫长的积木游戏，持续了五亿年。终于，一根分子链颤抖着分裂，复制出另一根完全相同的分子链，然后它们分别吸附周围的有机小分子，再次复制自己……在这场积木游戏中，产生这样自我复制的分子链的概率如此之小，如同一阵龙卷风卷起一堆金属垃圾，落下后就组装成一辆奔驰车一般。

但这事竟然发生了，于是，长达三十五亿年的壮丽历程开始了。

　　强互作用力宇宙探测器三个编队与地球平均距离750万千米，最近600万千米，四分钟到达地面！

> 太古代21亿年，元古代的震旦纪18亿3000万年；然后是古生代：寒武纪7000万年，奥陶纪6000万年，志留纪4000万年，泥盆纪5000万年，石炭纪650万年，二叠纪5500万年；然后中生代开始了：三叠纪3500万年，侏罗纪5800万年，白垩纪7000万年；然后是新生代：第三纪6450万年，第四纪250万年。然后人类出现，与以前漫长的岁月相比仅是弹指一挥间，王朝与时代像焰火般变幻，古猿扔向空中的骨头棒还没落回地面就变成了宇宙飞船。最后，这35亿年风雨兼程的行进在一个小小的人类个体面前停下了，她只是在地球上生活过的一千亿人中的一个，她手中握着一个红色的开关。

强互作用力宇宙探测器三个编队与地球平均距离600万千米，最近450万千米，三分钟到达地面！

> 四十亿年时光沉积在程心上方，让她窒息，她的潜意识拼命上浮，试图升上地面喘口气。潜意识中的地面挤满了生物，最显眼的是包括恐龙在内的巨大爬行动物，它们密密麻麻地挤在一起，铺满大地，直到目力所及的地平线；在恐龙间的缝隙和它

资深编剧教你读小说

我们应该如何读《三体》

们的腿间腹下，挤着包括人类在内的哺乳动物；再往下，在无数双脚下，地面像涌动着黑色的水流，那是无数三叶虫和蚂蚁……天空中，几千亿只鸟形成一个覆盖整个苍穹的乌云旋涡，翼手龙巨大的影子在其中时隐时现……

万籁俱寂，最可怕的是那些眼睛，恐龙的眼睛，三叶虫和蚂蚁的眼睛，鸟和蝴蝶的眼睛，细菌的眼睛……仅人类的眼睛就有一千亿双，正好等于银河系中恒星的数量，其中有所有普通人的眼睛，也有达·芬奇、莎士比亚和爱因斯坦的眼睛。

强互作用力宇宙探测器三个编队与地球平均距离450万千米，最近300万千米，两分钟到达地面！个数为二的两个编队分别指向亚洲和北美大陆，个数为一的编队指向欧洲大陆。

按动开关，三十五亿年的进程将中止，一切都将消失在宇宙的漫漫长夜中，像从未存在过一样。

（《三体Ⅲ：死神永生》第137~139页）

在智子毁灭人类的倒计时的最后四分钟里，整个剧情达到了高潮，主角程心的情绪达到了顶点，读者的情绪也被点燃了。《三体Ⅱ：黑暗森林》洋洋洒洒几十万字，一直在铺垫人类如何发现黑暗森林法则，如何建立和三体人相互要挟的共生关系。就在这一刻，前面所有的铺垫、所有的前提条件全部化为灰烬。

在这种情绪最为激昂的场面，作者使用排比句来抒情，来咏叹人类的幸与不幸。

在人类世界即将被毁灭的最后四分钟里，刘慈欣用排比句不厌其烦地向我们一点一点铺陈、渲染地球成长的轨迹。从最初的无机物终于发展到有机物。生物世界越来越丰富，从恐龙占据世界到古猿向空中抛出了一根骨头棒，人类的高楼大厦、高度文明就这样在地球上进化产生。

这是一种生命的奇迹，这是一种伟大的幸运，但正是因为这种幸运，正是因为拥有了文明，人类才引来了三体人，人类才亲手葬送了自己，这是一种不幸。在这种幸运和不幸的双重交织下，作者用不厌其烦、层层叠叠的排比手法，复述了地球的整个演绎进程。在人类世界即将毁灭的最后四分钟，用抒情的笔调回顾了地球的一生。

使用排比铺陈的手法抒情，也是小说《三体》的一大写作特色。

资深编剧教你读小说

我们应该如何读《三体》

四、生活里小小的褶皱

细节,扎实的生活细节,往往决定了一部作品的成败。

什么叫细节?什么叫扎实的生活细节?

比方说有一部超火的电视剧《亮剑》,为什么这部电视剧的人物这么鲜明?为什么这部电视剧留下了无数的经典场面?

很多人从人物塑造的角度出发,从剧情结构的角度出发,甚至从大众心理的角度出发做了很多分析,但是笔者想说细节,就是细腻的细节,让这部电视剧熠熠生辉。

> 李云龙:孔捷呢,没法提了!他背着汉阳造的时候,我背的是啥?是快慢机!和我比,他孔捷就是个新兵蛋子。
>
> (电视剧《亮剑》台词)

当剧中主人公李云龙吹牛摆老资格的时候,他吹的是什么牛?他摆的是什么老资格?他用什么方式来向别人证明,在他面前孔捷就是个新兵蛋子?

现实生活中有两种创作思路,一种创作思路就是瞎编,没有生活的细节就直接蹦出台词。这里李云龙要吹自己老资

格,孔捷是新兵蛋子,可能瞎编的台词如下:

  李云龙:我比孔捷入伍早了整整两年零十个月,在我眼里,他就是个新兵蛋子。

  这是毫无质感的台词,想当然的创作者就会这么写人物的语言。说到谁资格老,说到谁资历深,坐在家里瞎想,没有任何生活体验,不查阅任何资料的三流或三流以下的创作者,就直接比入伍年限。这里没有任何细节的体现,把"入伍"直接换成"读大学",那就成了大学里的师哥、师姐、学长、学弟,可以直接替换成青春校园剧的台词。把这里的"入伍"替换成"入职",就成了职场里的新人、老人,成了职场剧的台词。这种放之四海而皆准的万能台词,只能说是一种陈词滥调,没有任何细节质感,体现不出人物独特的经历、身份,也体现不出年代感,是坐在家里臆想出来的台词。

  这就是很粗浅的创作方法,这样的创作者是不可能写出顶级作品的。

  比这类创作者稍微进步一点的台词可能是这样写的:

  李云龙:我入伍那会儿,孔捷还在家玩泥巴、穿开裆裤呢。你孔捷入伍放的第一枪,都是老子教你的。在我眼里,你孔捷就是个新兵蛋子。

资深编剧教你读小说

我们应该如何读《三体》

这台词稍微丰富了一点,因为增加了不少的画面感,也有一些场面的细节。李云龙比起老资格,吹起资历深,不是单单说入伍年头,而是提到了谁教你放的第一枪。增加了这个细节,感觉李云龙像是一个军人,对于一个军人来说,军营里谁教会你开枪,谁是你军事技能的传道授业者,这是确立谁的资格老、谁是新兵蛋子的重要标准。

这里的细节很好地展现了李云龙长期以来在军队生活的作风,这几句台词就体现出李云龙的军人做派。然而,这只是具有了初步的细节质感,还不是精彩的台词。

因为这个细节只是很好地展现了李云龙是一个军人,那么李云龙是什么年代的军人?说到你入伍是谁教你放的第一枪这件事,可以是民国时代的军人,可以是现代的军人,甚至可以是晚清的北洋新军的军人。这里有军队作风,有军人做派,但是还缺少了一点时代感。

可以说,原台词是顶级的最精彩的细节展现:

> 李云龙:孔捷呢,没法提了!他背着汉阳造的时候,我背的是啥?是快慢机!

这里提到了汉阳造,提到了快慢机。一方面,当这两种制式武器出现的时候,我们一下子明白了,这就是军人的做派,一说到谁的资格老,谁是新兵蛋子,想到的就是手里拿的

第三章

细节设计篇：破解《三体》细节构建之谜

武器。另一方面，汉阳造、快慢机一下子就把我们带到了那个年代，一说起这两个词，稍微有点历史常识的人就会想到民国时代的早期。汉阳兵工厂本来就是晚清时期建立的兵工厂，汉阳造最流行的年代就是晚清与民国初期。

这里出现的两个词汇，一下子把年代感也展现出来了。如果直接把这几句台词从《亮剑》里抽出来，放到一个从没有了解过《亮剑》的人眼前，让他判断说话人的身份，他很有可能会想到，说话人是红军时期的战士。

这几句台词就有极好的身份识别价值，在那个年代，很多军队的制式武器再落后，毕竟还是可以统一的。大概使用各种各样的缴获武器，使用万国牌武器最典型的就是早期的红军战士。汉阳造一是年代老，二是国产兵工厂生产的，性能比较差。而快慢机是从外国进口的一款相对先进的武器，所以李云龙一说起自己拿快慢机的时候，心态是非常骄傲的。

汉阳造、快慢机，在台词里出现了这两个相对专业的名词，一下子把我们带到了红军早期使用万国牌武器的艰难岁月。经历过那个岁月的两位军事干部，说起当年谁是新兵蛋子，直接摆出这个细节，可以说是最佳的写作手法。

使用苍白无力的台词，使用最不具备质感的台词，可以推进剧情，也可以发展人物，但是它永远只能完成一篇网络爽文，一部爽剧。

资深编剧教你读小说

我们应该如何读《三体》

精彩的细节,就好像画家在作画的时候,在描绘人物肖像的时候,不但把人物的五官轮廓塑造得活灵活现,而且连人物衣服上一个小小的褶皱也画得清晰无比。无数精彩的细节叠加起来,就可以让作品摆脱普通爽文的范畴,进入严肃文学的大雅之堂。

《三体》大概是笔者见过的细节最精彩的一部小说,它在大处落墨潇洒,小处也常常有点睛之笔。接下来,笔者专门分析《三体》精彩的细节之处,看看作者是如何把每件衣服上的褶皱都画得栩栩如生的。

精彩的细节一:一条燃烧的鳕鱼

在《三体Ⅲ:死神永生》中有一个情节:云天明用三个精彩的童话故事,给了程心暗示。人类明白,这三个童话故事里,蕴含着拯救人类世界最重要的信息。于是,人类用一切力量来解读这三个童话故事里潜藏的玄机。

但是童话故事里有一个地名赫尔辛根默斯肯,这个地名反复出现,引起了人类的高度重视。于是他们寻找到曾经叫这个名字的北欧某地,程心带着自己的团队,前往北欧某处的海角。

一位老渔民杰森接待了他们,带他们去那个危险的海角,有着大漩涡的危险的海角,一探究竟。

第三章
细节设计篇：破解《三体》细节构建之谜

这是主线故事，那么如何才能写出地域特色？如何才能把北欧老渔民杰森用寥寥几笔勾勒出来，让读者一目了然，在心里留下深刻的印象？

一个平庸的作者可能会这么写：

> 大雪纷飞，雪花纷纷飘落在老杰森的衣襟上。夕阳西下，一抹阳光映照在他古铜色的面孔上，这张饱经沧桑的脸，棱角分明，好像每一个褶皱，都在给我讲述一段故事。

好像杰森的特点被勾勒出来了，好像北欧的风雪、杰森的饱经风霜也写出来了。但这是平庸的写法，因为这是套话，毫无特色。

这段话可以放在北欧生活的杰森身上，也可以放在西伯利亚生活的老捷尔任斯基身上，还可以放在大兴安岭生活的老吉身上，简直是放之四海而皆准的标准套话。

小说写作有时候拼的是剧情设计、人物塑造，有时候拼的就是细节。如果你的细节没有力量，如果你的细节是空洞的，是放之四海而皆准的套话，那么这样的小说是没有质感的，是空洞乏力的。这大概就是现在很多网文小说和严肃文学的区别。

我们来看看，《三体》是如何用一个细腻的片段，来交代

资深编剧教你读小说
我们应该如何读《三体》

杰森的沧桑。

> 杰森从舱里拎出一条大鳕鱼,说是刚钓上来的,然后又拿出三瓶酒,把鱼放到一个大铁盘子上,把一瓶酒浇到鱼上,用打火机嘭地一下点着了。火烧了不到五分钟,他就从仍燃烧着的鱼上扯肉吃……
>
> (《三体Ⅲ:死神永生》第311页)

寥寥几笔的细节描写,把杰森这位北欧老渔民勾勒出来,甚至连时间的年轮都看得一清二楚。当杰森拿出鳕鱼的时候,我们看出了挪威的地方特色,这时西伯利亚、大兴安岭都和这个独特的地域区分开。不但食材是特殊的,连做鱼的方法都是特殊的。

将白酒浇在鳕鱼上,然后点燃鳕鱼,燃烧几分钟后就可以食用鳕鱼肉。这种独特的烹饪方法一方面让读者大开眼界,一方面也交代了老渔民一辈子生活在原始的环境之下。

对于杰森来说,可能一辈子以船为生,以海为家,这样的老渔民在船上吃鱼,不会像在陆地上生活的人那样,备一个炉子生火,也许对于他来说,烤鱼是最好的方式。

《三体》则细腻地写了这种另类的烤鱼方式,浇上白酒,燃烧鳕鱼几分钟后就可以食用,这个细节让人对北欧杰森原始的生活大开眼界。

更精彩的是这句话:"火烧了不到五分钟,他就从仍燃烧着的鱼上扯肉吃……"充满了画面感,读者仿佛看到在火光中,杰森从火中扯出鱼肉塞进嘴里的场景。

杰森是一个微不足道的小人物,在书中一闪而过,但是作者依然没有轻易放过这个小人物。现在只要一提到赫尔辛根默斯肯的杰森,笔者就想到了那条燃烧的鳕鱼,以及那个在火中扯鱼肉吃的北欧老渔民。读者甚至会很快忘掉杰森的名字,但是那个从燃烧的鳕鱼上扯鱼肉吃的场景会永远留在脑海里,这就是细节的力量。

精彩的细节二:一本"huà(桦)"树皮的本子

在《三体Ⅰ:地球往事》里,汪淼去找老年的叶文洁。叶文洁的女儿杨冬自杀了,汪淼是由于这个原因,去拜访这位年过花甲的退休大学老师叶文洁。

老年的叶文洁给人的感觉是理性、知性、彬彬有礼,但是第一次读这段文字让人感觉怪怪的。因为叶文洁过于理性、知性,她生活中唯一的依靠杨冬自杀了,母女俩相依为命的人生结束了,白发人送黑发人,叶文洁给人的感觉过于理性,过于安静,悲伤程度明显不足。

后来读了叶文洁的故事,得知她曾经亲手葬送了杨冬的父亲杨卫宁之后,才明白叶文洁为什么有这样的反应,因为她

资深编剧教你读小说
我们应该如何读《三体》

的心灵已经承受了太多的痛苦，已经处于一种麻木的状态，很难再表现出大悲大喜。

但是在叶文洁的家里，却有一个小小的细节，仍旧让读者感到一丝温暖。

> 汪淼注意到的第二件东西是放在写字台一角的一本厚厚的大本子，首先令他迷惑的是本子的材质，他看到封面上有一行稚拙的字："杨冬的 huà（桦）皮本。"这才知道这本子是桦树皮做的，时光已经使银白色的桦皮变成了暗黄。

（《三体Ⅰ：地球往事》第 51 页）

这是叶文洁内心仅剩的一丝温暖，这是在这个世界上唯一还牵挂杨冬的人。摆放逝去的亲人的旧物，寄托内心的一缕哀思。

但是从作者的细节描写来说，摆放什么东西寄托对亲人的哀思，这就非常考验写作的功力。

最平庸、最不动脑筋的写法，在桌子上摆放一张杨冬和叶文洁的合影，合影的背景是过年吃团圆饭。这种写法很好地完成了剧情发展，也表达了叶文洁对女儿的哀思。但是这种写法是套话和废话，没有一点生活的质感。

所谓摆放一件东西，寄托对逝去亲人的哀思，摆放一张合影是最不动脑筋的,这是放之四海而皆准的套路,没有任何的地域感,因为不论是南方、北方,不论是中国、外国,这都适用。不但没有独特的地域感,也没有任何的时间感,似乎这张照片可以拍摄于几十年前,可以拍摄于几年前,也可以拍摄于几天前。

我们对比这种平庸的写法,再来看看刘慈欣的细节描写。

首先就是寄托叶文洁对杨冬哀思的物件,是杨冬小时候使用的本子,而且是桦树皮做的。桦树皮做的本子,一下子就把地域的细节和时间的细节体现了出来。

桦树林让我们瞬间想到了东北,想到了大兴安岭。桦树林这个意象一旦出现,好像所有南方的、西北的场景都从读者的脑海里消失了,读者的脑海里立刻闪现出东北冰天雪地,大兴安岭的一大片桦树林。

在那个年代,对于杨冬这个孩子来说,桦树皮做的本子,大概是作为礼物送给她的,那么新鲜,那么具有珍藏价值,所以桦树皮的本子成为叶文洁寄托对女儿哀思的重要的物证。

一个刚刚读小学的孩子稚嫩的笔触,对于她来说,"桦"这个字还有点难,只好用拼音来替代,这个小小的细节让我们一下子回到了杨冬小的时候,仿佛看到了母女俩在大兴安岭相依为命的年代。

一个普通的桦树皮的本子,一个小小的写作的细节,把时代感、地域感、人物的情感都交融在里面，这就是《三体》让人读来欲罢不能的原因之一：丰富细腻的细节描写。

精彩的细节三："文革"组织称呼大全，这就是岁月的年轮

叶文洁一生最大的伤痛，就是青年时代眼睁睁看着父亲叶哲泰被打死。之后叶文洁的种种行为逻辑、内心的种种麻木都和这个心结有着重大的关系。

当红岸基地已经成为往事，当叶文洁终于离开东北，回到了都市生活，这里有精彩的回龙一笔。叶文洁的内心，始终忘不了父亲叶哲泰被打死的那天，那个血腥恐怖的场面。

当叶文洁找到曾经打死他父亲的那三个老红卫兵，她可能也不知道自己找到他们能干什么，听他们忏悔吗？狠狠骂他们两句，打他们两拳吗？内心的伤痛已经刻下了，受到的苦难已经经历了，这时做这些事还有什么意义呢？

但是有时候人类就不按照理性来思考，她还是很想见一见这三个打死她父亲，改变了她一生命运的红卫兵。

三个人没有道歉，也没有什么羞耻感，只有岁月的年轮在他们生命中刻下的痕迹。他们也很委屈，在他们眼里，他们也是那个年代的受害者，其中一个人空空如也的袖子，好像也在讲述另一段悲伤的故事。

这里有一个精彩的细节，其中一个红卫兵，是一个粗壮的女人，当说到"文革"的惨痛经历，说到曾经的遭遇和伤痛的时候，用了以下的一段文字：

> 粗壮女人说："我们四个人中，有三个在清华附中的那张大字报上签过名，从大串联、大检阅到大武斗，从'一司'、'二司'、'三司'到'联动'、'西纠'、'东纠'，再到'新北大公社'、'红旗战斗队'和'东方红'，我们经历过红卫兵从生到死的全过程。"

（《三体Ⅰ：地球往事》第 226 页）

从"一司""二司""三司"到"联动""西纠""东纠"，再到"新北大公社""红旗战斗队"和"东方红"，这段文字简直就是"文革"里各种组织称呼大全，只把这些组织名称列举出来，就可见这个人在"文革"这段时期内经历之广，经历之深。

只有亲历者，只有真正扎根到那个大时代历史的参与者，才会对这些绕嘴的名字朗朗上口，光是这一串名字，就是一圈一圈岁月的年轮。

精彩的写作手法有时候就是这样的，避免去说空话、套话，避免一些空洞的概念，而直接给出亲历者才能给出的细节。

资深编剧教你读小说
我们应该如何读《三体》

如果是一个平庸的作者,在这里可能会让这个粗壮的女人来诉苦。

> 你以为只有你一个人遭了罪?我父亲也失踪了,我妈妈也被打成了黑五类,我的妹妹到现在也生死不明。

这类台词可能可以把意思表达清楚,但却是没有细节、没有质感的,没有亲历者的生活气息。所谓不但你一个人遭罪,我父亲也如何如何,我母亲也如何如何,这样的台词就是一些空洞的套话、空洞的概念。

这类台词其实是放之四海而皆准,你可以说这是一个老红卫兵在讲述"文革",也可以说是一个美国南北战争的亲历者在讲述当年的南北战争。

而顶级作家会给你最有质感的台词,这些台词会让时代的气息扑面而来。从"一司""二司""三司"到"联动""西纠""东纠",再到"新北大公社""红旗战斗队"和"东方红",当像绕口令一样罗列出"文革"组织的名称时,你还会分不清这是在讲哪个时代吗?你还会分不清这是在讲中国的事,还是外国的事?

这一串串的名字,都是实实在在的岁月的年轮,是岁月之刀刻下的痕迹。

精彩的细节四：可是搞基础理论，不笨不行啊

物理学泰斗叶哲泰，娶了大物理学家的女儿邵琳。邵琳也女承父业，成为一名物理学教授。

然而，当叶哲泰和自己这位岳父聊天的时候，岳父对自己女儿物理学的前途表示了悲观和否定的态度。那么，为什么岳父对女儿将来物理学的前途如此悲观呢？

不是因为她智商低，不是因为她太笨，恰恰是因为女儿太聪明。

> 一次，我对你父亲称赞你那过人的天资——他很幸运，去得早，躲过了这场灾难——老人家摇摇头，说我女儿不可能在学术上有什么建树；接着，他说出了对我后半生很重要的一句话：琳琳太聪明了，可是搞基础理论，不笨不行啊。

（《三体Ⅰ：地球往事》第61页）

"琳琳太聪明了，可是搞基础理论，不笨不行啊。"

最精彩的细节就隐藏在这句话里。通常做学问，研究物理学，总归是需要天资聪慧的人，尤其是研究基础物理学，肯定智商越高越占优势。可是，为什么女儿太聪明，这位大物理学家就否定她的学术前途？为什么这位大物理学家说出了"不笨不行"这句明显违反生活常识的话呢？

资深编剧教你读小说

我们应该如何读《三体》

这里有一个细腻而精彩的辩证法。能够进入大学当老师，教授基础物理学的，哪一个不是物理学博士？哪一个不是读书的天之骄子？哪一个不是智商极高的人才？对于邵琳来说更是这样。一方面有父亲的遗传基因，另一方面是从小到大受到作为物理学教授的父亲的潜移默化的影响，她做物理学研究具有得天独厚的条件。

在大学或者研究机构里，在已经获得了基础物理学研究者这个身份后，谁能做出成绩需要的素质就不是智商高、聪明，而是看你是否耐得住寂寞，是否耐得住失落。

基础物理学研究毕竟不同于应用物理，这些纯理论的专业毕竟不像那些可以立刻转化成生产力的工科专业。当工科专业的博士、教授开始申请专利，开始大笔赚钱的时候，躲在书斋里研究纯理论的学者可能会有深深的失落。

当年的博士同学已经开上宝马、保时捷，自己可能还只拿一份大学的工资，骑着自己的小电瓶车，在书斋里苦读。这时太聪明、太灵活的人，可能毫不犹豫地选择走出书斋，走出基础研究的范畴，一头扎入这滚滚的商业大潮。以他们的智商，以他们的学识，也可以鲜衣怒马，名利双收，没必要苦守寒窗，旷日持久地研究基础理论。

能在这种诱惑面前，真正继续埋头苦读，继续甘坐冷板凳的，必须要有一股子愣劲，必须在生活算计、生活态度上

"笨"一点，麻木一点。这是每一位基础理论研究的博士生导师得出的结论，邵琳的父亲也一样。

在邵琳的父亲眼里，邵琳太精明，太会算计，她的一生在物质条件上当然会过得很好，她绝对很擅长趋利避害，但是这种精明的盘算，天生和基础物理学耐得住寂寞的研究精神是相违背的，所以他做出了女儿未来没有太大成就的判断。

在现代商业大潮里，邵琳这样的人可能很快就会从书斋里走出来，开公司做生意，很快身家过亿，成为一个商业女强人。在那个年代，邵琳能够很快识别政治风向，很快站在所谓"革命群众"一边，批判那些老权威。那个"笨笨"的叶哲泰，在这场政治风暴中最终就是惨遭不幸。

笔者也在大学工作多年，在大学里几乎有一项共识，不管做什么基础理论研究，只要做纯理论的研究，必须要有那种"笨笨"的精神，生活态度上太精明的"精致的利己主义者"是做不好基础理论研究的。这一点刘慈欣给了我们一个精彩有力的生活细节。

精彩的细节五：云天明是拨开云雾见天明

一个笔法精彩而细腻的作家，往往在小处能见到他写作的真功夫。

给人物起名字是一门学问，好的人物名字会带来隐喻，

我们应该如何读《三体》

带来暗示，带给读者无限的回味和遐想。好的名字，本来就是创作的一部分。

文学著作中起名最具有艺术性的大概就是《红楼梦》。荣国府全体姓贾，本身就是一个巧妙的隐喻和伏笔，《红楼梦》里还出现了一个江南的甄家，这明显是用人物的姓在对应"真事隐去，假语村言"。

贾家的四姐妹，元春、迎春、探春、惜春，虽然文中说是因为大姐是正月出生，所以起名"元春"，后面三姐妹就跟着一路起名，但是把这四个人的名字连起来，应和了那句话"原应叹息"。这个拆字组合的方法，很好地呼应了"四春"后来各自悲剧的结局。名字起得好，本身就和剧情产生了一种千丝万缕的关系，会在读者心里产生一种共鸣效果。

比较而言，一些水平较低，写作手法粗糙的网络小说，起名也是草草了事。爱情小说一律这个"轩"，那个"蔷"，这个"薇"，好像这些名字是可以通用的，放到哪本书里都可以完美适配，这只能说是非常不讲究的写作。

《三体》给人物起名是非常有讲究的，是经过精心设计，有相当的隐喻含义的。

比方说云天明，《三体Ⅲ：死神永生》里的重要角色。这个名字本身就具备精彩的意象，直接让人想到了拨开云雾见天明的画面，带给人一种清新爽朗的感受。

我们再看看云天明的一生。他默默地爱着程心，却不敢去打扰她，得了绝症以后，悄悄地买下了一颗星星送给程心，然后仅仅想在人群里看一眼她的背影，就此离开。还有比这更纯粹的爱吗？云天明给人的感觉就是清新爽朗。

再后来，云天明接受了阶梯计划，在程心的策划下，被送到三体世界去做卧底，当人类被三体人打得束手无策，即将面临灭亡的时候，卧底云天明要求和程心说话。在三体人的监视下，云天明用三个童话，隐晦地向人类传达了自救的方案。经过人类学者的研究，最终在云天明的提示下，确立了掩体计划、黑域计划、光速飞船计划这三个拯救人类世界的方案。

云天明去三体世界做卧底，为人类带来了最后一丝自救的曙光，他的所作所为，难道不是拨开云雾见天明吗？这不就正好暗合了他的名字吗？

这不是巧合，这是作者给自己笔下的人物精心设计的名字，《三体》里大部分人物的名字都有这种暗示和隐喻。

再比如程心，一个虽然简单，但是很美、很有意象的名字。似乎"程心"在暗示橙心、橙色，一种明亮的、光明的、让人生出无限希望的颜色。

程心的人生从一开始就是由爱构成的，因为爱才有了她，才有了她的家庭。她之后所有的遭遇也是因为她有一颗过于强烈的爱心。在接掌执剑人以后，三体人立刻发动了侵袭，她面

资深编剧教你读小说

我们应该如何读《三体》

临是否同时毁灭人类文明和三体文明的抉择时刻,程心又一次爱心泛滥,她放弃了,她不肯按下那个毁灭全人类的按钮。

程心这一辈子的对错与爱恨情仇,似乎都归结于她那颗心,所以她的名字叫"程心"。

关一帆的名字也是一个典型的隐喻和象征。

关一帆和程心来到了那个遥远的恒星系,他们到达那里的时候,太阳系早就被宇宙中的猎手毁灭了,太阳系已经从三维空间被打成了二维空间,整个太阳系变成了一幅画,所有的生命、所有的人类的美好都消失了。

关一帆和程心是人类最后的火种,离开太阳系,在宇宙中的另一个恒星系,希望重建人类的家园,重建人类的美好。

"一帆"这个名字好像在隐约暗示,这是人类在茫茫的大海中扬起的一面小小的风帆。这一艘小船在大海里航行,虽然渺小,但是这一面小小的风帆就代表了人类的火种、人类的希望、人类内心最后的倔强。

名字是和人物的人生高度匹配的。当然,更绝的是这个人的姓,他居然还姓关。

如果说在茫茫大海中扬起一面风帆,这个意象很美,很伟大,给了人类巨大的希望,那么作者为什么不给他起名"杨一帆",偏偏起名"关一帆"?

如果海上有一艘小船,小船上升起了一面风帆,这给了我们无限的希望和遐想的时候，关上这面风帆呢？就给了人沮丧、痛苦，人类不再有希望的悲观负面的想法。

"关一帆"，扬起一面风帆却又关上，这个名字似乎暗示了两种情绪，既是希望又是绝望，既是喜剧又是悲剧，这大概是笔者看过的最精彩的人物起名的艺术。

精彩的细节六：罗辑就是逻辑

《三体》三部曲写得极其庞大，人物众多，如果要从纷繁芜杂的人物里，强行找一个第一主人公，那么毫无疑问应该就是罗辑。罗辑是《三体Ⅲ：黑暗森林》一书的绝对主角，绝对灵魂，也是《三体Ⅲ：死神永生》一书的重要角色，可以说几乎贯穿了整个《三体》故事。

罗辑的名字也是作者精心安排的，罗辑为什么叫"罗辑"？因为罗辑就是逻辑。

罗辑的人生，从一开始就不讲逻辑。

这个社会学博士，这个人类世界的小人物，和拯救人类世界的大愿望八竿子打不着的人，忽然就被带入了联合国大会，忽然就在众目睽睽之下，被选为人类仅有的四个面壁人之一。

罗辑这个人类世界疲疲懒懒的小人物，一下子就和美国国防部前部长，委内瑞拉总统、游击战大师，世界顶级脑科学大师,并列成为面壁人,成为这个世界瞩目的焦点。这很不符合逻辑,而且罗辑发现自从做了面壁人之后,他的生活已经彻底没有逻辑可言了。

因为无论罗辑如何拒绝,如何掏心掏肺表示自己不想当面壁人,他甚至表示宁愿自杀也不接受面壁人的任务,但是所有人都会对他报以微笑。

既然面壁人的一切行为都向别人隐藏自己的真实动机,那么罗辑所有的拒绝和大喊大叫,别人怎么知道他是不是故意演戏?他的行为是否就是面壁人计划的一部分?

罗辑发现自己做了面壁人之后,所有人都不讲逻辑,不讲武德,把自己实实在在地架在火上烤。

然而有意思的是,当罗辑做了自己的破壁人,他终于搞清楚自己这个小人物为什么被选为面壁人的时候,他发现这里不是不讲逻辑,是非常有逻辑的。

没人知道罗辑有什么厉害的,人类世界同意罗辑就是一个普通小人物,但是三体人不这么认为。在三体人发给地球叛军的文件里,有一行文字:

"杀死罗辑!杀死罗辑!杀死罗辑!"

既然三体人都那么害怕小人物罗辑,那么人类世界的面壁人无论如何要算罗辑一份。这时罗辑从身边碰到的所有事都很诡异、都不讲逻辑,忽然变成了这件事很讲逻辑。

更有意思的是，罗辑最终拯救了人类世界，他拯救人类世界的法则是什么呢？是黑暗森林法则，罗辑是怎么找到宇宙中的黑暗森林法则的？是用逻辑推导出来的。

罗辑知道拯救人类世界的方法，三体人被吓得发抖的原因都在于他见过叶文洁那个瞬间。他反复回忆了叶文洁和他说的话，从叶文洁告诉他的两个关键词（猜疑链、技术爆炸）出发，他推导出了宇宙中的黑暗森林法则。这个能拯救人类世界的黑暗森林法则就是一个严密逻辑的产物。在有了严密的逻辑推导之后，罗辑才用毁灭一个星系的方法，验证了自己的猜测，进而验证了宇宙中通行的黑暗森林法则。

实际上，罗辑能想出黑暗森林法则，主要是基于几个起点进行逻辑推导的结果，这也是所谓的宇宙社会学的基本思路，叶文洁曾经把宇宙社会学的本质表达得异常清晰。

"但，叶老师，您说的宇宙社会学没有任何可供研究的实际资料，也不太可能进行调查和实验。"

"所以你最后的成果就是纯理论的，就像欧氏几何一样，先设定几条简单的不证自明的公理，再在这些公理的基础上推导出整个理论体系。"

（《三体Ⅱ：黑暗森林》第5页）

罗辑的人生从一开始的不讲逻辑，到后来的很讲逻辑，

资深编剧教你读小说

我们应该如何读《三体》

到最终用逻辑推导拯救了人类世界,他的人生确实就是在逻辑里纠缠不休,所以给他起名"罗辑"。

精彩的细节七:自然选择号就是人类自然选择的命运

《三体》不但人物名字富有寓意,每一艘恒星级战舰的名字也寓意深刻。

章北海是《三体Ⅱ:黑暗森林》里的重要角色,甚至如果单单以《三体Ⅱ:黑暗森林》一书而论,章北海可以和罗辑并列男一号。联合国指定了四个面壁人,由他们去独立思考,如何对付三体人,章北海没有被指派,他却自己潜伏下来,暗藏起自己的思维,做了第五个面壁人。

章北海的想法是极度悲观的,他根本不相信人类在未来的战争中有机会和三体人一较高下,他认为人类唯一可以选择的道路是放弃地球乃至放弃整个太阳系,由极少的一部分人类带着文明的基因和火种,向宇宙逃亡,寻找下一个适合人类生存的恒星系。但是如果他一旦表现出这种思想,他会被立刻打上失败主义、逃跑主义的标签,会被立刻解除军职,要想冬眠到末日之战时代也是完全不可能的。

于是他选择隐忍,把自己的真实想法埋藏在心里,表面上拿出最有信心的模样,拿出坚定的胜利主义者的全部派头,终于他的计划一步步走向成功,他获得了信任,得到机会冬眠

第三章
细节设计篇：破解《三体》细节构建之谜

到末日之战时代，成为现代时代到未来时代的特遣队员。

当章北海在末日之战前从冬眠中醒来，当他登上那艘自己梦寐以求的恒星级战舰的时候，他立刻把战舰开走，脱离了大部队，执行自己的宇宙逃亡计划。他的行为当然被视为背叛，被人类太空政府追击。

章北海开走的那艘战舰叫自然选择号，这个舰名就大有深意。

章北海的这一套给人类留下最后火种的思想接近达尔文主义的思路。达尔文主义强调"物竞天择，适者生存"，每一个物种生存下来，能够存活多久，什么时候不可避免地灭亡，都是自然选择，都是客观规律，都是不以人类的意志为转移的。

这就是自然选择的规律。就像地球曾经被恐龙这种生物统治了好几亿年，相比于恐龙，人类统治地球的历史非常短暂，但是统治地球好几亿年的恐龙也被自然淘汰了，消失了，这是自然选择的规律，是逃不开的客观规律，不以人的意志为转移。

章北海秉承的思路就是达尔文主义，强调"物竞天择，适者生存"。所以，他认为人类本质上不可能战胜三体人，这就是"物竞天择，适者生存"，这是人类逃不开的自然规律，基于这个想法，他才制订了驾驶一艘飞船逃跑的计划。

资深编剧教你读小说
我们应该如何读《三体》

这艘飞船被命名为自然选择号，正好暗合了章北海的思想基础。

然而，章北海的自然选择号并没有在自相残杀的黑暗战役里幸存下来，犹豫不决让他在最后时刻输给了蓝色空间号。蓝色空间号成为唯一一艘飞往宇宙深处的人类战舰。那么这艘飞船为什么被命名为蓝色空间号呢？

蓝色空间是一个象征和比喻。蓝色空间是什么？我们经常说地球是一个蓝色的星球，因为地球上大部分的地方是海洋。海洋，水是蓝色的，蓝色意味着什么？意味着生命之源，意味着物种的起源之地。

唯一承载着人类文明的基因、人类文明的记忆、人类最后的火种的战舰，被命名为蓝色空间号，这个名字让人瞬间就联想到人类的起源之处，人类的生命之源。这不是人类的第一次发源，这是人类第二次主动选择自己的命运，主动选择自己的第二个家园，是人类的第二个伊甸园。

在《三体Ⅲ：死神永生》中，人类战舰前来追击蓝色空间号，奉命带回叛乱的战舰，而且要把他们带回去接受审判。

这艘代表人类政府来执法的战舰名字叫万有引力号。这也是一个极好的比喻。

虽然这些都是恒星级战舰，虽然这些战舰理论上都可以航行到下一个恒星级的星系，但这不是他们背叛的理由，不是他们脱离人类政府的砝码。

人类政府派出战舰来执法,把断了线的风筝收回去,这就是万有引力。飞得再远,飞得再高,飞得再快,都逃不开地球引力的牵引,就像逃不开地球政府的管辖一样。

风筝飞得再高,也有一条细细的红线在地面上牵引,这就是万有引力。

精彩的细节八:墓碑永垂不朽!孙子辈已无人记得

《三体》里有三个老活宝:张援朝、苗福全和杨晋文,他们代表了普通市井生活的视角。当普通人面对三体人来袭,人类文明遭遇末日危机的时候,他们的所思、所想、所感。笔者曾经专门论述过,这一条线索虽然笔墨不多,但好比是醉金刚倪二之于《红楼梦》,是丰富作品的最重要的一条次要线索。

其中苗福全对自己死后的事最为挂念。他非常担心自己死后没有留下痕迹,人过留名,雁过留声,一辈子活在世上,没有成名成家,默默无闻地过了一辈子,赚了点钱,如果死后墓碑也没有留下,那就在人世间白白走了一遭,连个念想也没有留下来。

于是,苗福全千方百计地安排自己的身后事,花了大价钱,把自己的骨灰盒放到一个200多米深的矿井里,然后再炸塌矿井。这样就彻底把苗福全的骨灰深深埋在200多米的地

> 资深编剧教你读小说
>
> 我们应该如何读《三体》

下,谁也破坏不了。苗福全让儿子在矿井之上再立一块墓碑,平常作为标记也作为日常祭奠之用。然后苗福全让儿子把话传给孙子,孙子再传给孙子,让苗家的后人记得,等到四个半世纪后末日之战前,先把墓碑铲除,避免给三体人留下痕迹。如果人类在末日之战里输了,那么人类世界就毁灭了,那就算了。如果人类可以取胜,苗家的后人再把墓碑竖起来,这样苗福全的墓碑,来人世间走一遭的标记,就会保存下来,永传后世。

苗福全这个老活宝的这一计划,理论上来说很完美,每一步都衔接得很好。但是最终的结果是苗福全从来没有想到的。

> 其实,他死后还不到半个世纪后,废矿井上面的地区就沙漠化了,漫漫黄沙中,墓碑早已不知去向,废矿井的位置丢失了,苗家的后人们也没人费心去找过。

(《三体Ⅱ:黑暗森林》第275页)

计划赶不上变化,不到四个半世纪,末日之战到来,苗福全精心设计的矿井里的墓穴就已经彻底湮没无闻了,他的墓碑甚至都找不到了。

苗福全对于如何让自己的墓碑抵御三体人的侵袭,如何防止外星人破坏他的墓葬,可以说严防死守,想到了各种方案。可是他就是没有想到,一个普通人的墓碑,最终会有几个人记得,会延续多长时间一直祭奠而香火不绝?

儿子会清晰地记得父亲,会每年清明、冬至来墓上祭扫。孙子辈就对爷爷的印象淡薄很多,也许他还会遵循着父亲的足迹,还会记得来上坟烧香。普通家庭到重孙子,可能从来也没见过太爷爷一面,可能逐渐把太爷爷墓碑的位置都忘却了,于是这些坟茔也就淹没在历史的尘埃里了。

450年以后,三体人来袭,对于苗福全来说,他要考虑的是十几代乃至几十代后辈子孙如何在外星人手里拯救他的坟墓,他千算万算只算外星人的账,可是有几个人能到十几代以后,甚至几十代以后还能准确记得久远先祖的坟墓?

这里刘慈欣写了一个精彩的细节,人类一直都是记吃不记打,一直在重复一个愚蠢的错误,就是前辈的人总想把一切都安排好,细致到几百年后的事都安排妥当,最终永远是鸡飞蛋打,计划赶不上变化。

即使是如秦始皇这样的天下一尊,也没能逃开这个怪圈。秦始皇活着的时候拼命算计,想把自己建立的大秦帝国永远传下去,他自己是始皇帝,那么后面就是二世、三世乃至垂于无穷。这就有点像苗福全想让自己的墓碑可以永远存在,证明自己在这个世界上来过一遭。苗福全精心设计的末日之战前的墓

资深编剧教你读小说
我们应该如何读《三体》

碑推倒再竖起来的计划，被几十年后子孙找不到他的墓碑，轻易破局了。始皇帝那个子孙做皇帝垂于无穷的计划，直接二世而亡。

所以，一些精通历史的有大智慧的人，一直都想表达一个观点：儿孙自有儿孙福。强如秦朝都二世而亡，那么普通人拼命给后人设计人生，甚至设计到百年之后，有什么意义呢？可是世界上就是有那么多苗福全，他们前赴后继，他们勇往直前，他们意志坚定，花钱、花力气、花心血，做着一场场白日梦。

《三体》里苗福全结局这一笔，细腻地描绘出了生活中的这一类人，劳心劳力给自己打造百年帝国，他们身上的可笑、可悲、可叹。

精彩的细节九：骗子无所不在，挪亚方舟船票也要内部关系请托

《三体》里的三个老活宝张援朝、苗福全和杨晋文，他们是三个退休老头，住在北京，代表了千千万万的大众，当末日之战到来的时候，他们也做出了自己的反应和抉择。

这里有一个有意思的细节，当三体人确定要在四个半世纪之后到达地球的时候，当末日之战确定打响的时候，流言四起。流言四起的时候，就是骗子开始表演的时刻。于是，骗子

第三章
细节设计篇：破解《三体》细节构建之谜

用了一个假得不能再假的骗术。

有一天，三个退休老头得到了消息，人类正在制造新的挪亚方舟，登上挪亚方舟的人就可以在末日之战里幸免于难。

这里仅仅是作者的一处闲笔，但即使是闲笔，也很细腻和精彩。当今社会骗子无孔不入，各种骗术层出不穷。当科幻世界里的人类末日来临的时候，骗子、骗术一样都不缺乏。这是骗子恐吓普通人、榨取钱财的机会。于是，骗子就编造了一眼假的谎言，大肆贩卖挪亚方舟的船票，内部取得，卖完为止。

虽然骗子套上一个挪亚方舟船票的噱头，但是看到这一情节的时候，好像让人又想到了改革开放初期，骗子兜售的靠内部关系拿到的一定"中奖"的彩票。一样拙劣的骗术，一样以退休老人的贪念为攻击的目标，一样一打一个准。

更有意思的是，谁想要获得挪亚方舟的船票，就需要出大价钱去疏通关系，有个骗子给出信息，他有内部关系，他上头有人。

刘慈欣写骗术也很有地域特色。三个退休老头生活在北京，关于如何获得挪亚方舟的船票，那就是托关系，有门路，上头有人。这种骗术的细节值得玩味。

如果三个退休老头生活在上海，那么这个骗术应该改为：想要获得挪亚方舟的船票，需要购买一种金融理财产品，购买

资深编剧教你读小说

我们应该如何读《三体》

这种金融理财产品是为建造挪亚方舟集资，谁成为高等级股东，谁就可以获得一张船票。

如果三个退休老头生活在深圳，那么这个骗术可能改为：想要获得挪亚方舟的船票，需要购买功率巨大的网络挖矿机，需要加入挪亚方舟区块链。谁能够在挪亚方舟区块链里挖到最多的方舟币，谁就能拿到船票。

不同的环境，不同的区域文化，包装骗术的方法是完全不同的。《三体》在写作的时候，即使是一处小小的闲笔，也注意到了这一点生活的细节。

《三体》能够在科幻小说中脱颖而出，就是因为虽然它是科幻小说，但大量的情节都来自生活，是对现实生活的高度提炼和浓缩，只不过包装在一个科幻故事中。

精彩的细节十：母亲"热情"接待女儿

叶文洁的人生是一场悲剧，当父亲被批斗致死的时候，她一生的梦魇就开始了。之后她的人生经历了太多的大起大落，甚至还亲手杀死了丈夫杨卫宁，在一切尘埃落定后，她带着唯一的女儿回到城市里，重新过上正常的生活。她再一次见到了已经改嫁的母亲邵琳。

作者对叶文洁再次见到邵琳的场景，虽然着墨不多，但是让人读来不寒而栗。

叶文洁见到的母亲，是一位保养得很好的知识女性形象，丝毫没有过去受磨难的痕迹。她热情地接待了叶文洁母女……

（《三体Ⅰ：地球往事》第224页）

这里"热情"二字虽然字面上写的是热情，但是读来不寒而栗，脊梁上冒出了寒气。

试想一下，叶文洁和杨冬是邵琳在这个世界上仅剩的血亲，女儿、外孙女是她仅有的骨血。之前经过了这么多的劫难，可以说三个人都是劫后余生，想象中她们再次重逢得多激动，情绪会多失控，三个人得抱在一起哭成一团。

然而这一切都没有，邵琳只是"热情"地接待了母女俩。这"热情"二字的背后有多冰冷，邵琳对母女俩的态度多么让人心寒。

作者虽然着墨不多，但是深得写作的曲笔之奥妙，用一句反话，把邵琳内心的冷酷写得隐晦而又深刻。

对于邵琳来说，她已经有了新的生活，而且新的生活很舒适、很完美，不需要过多地回忆往昔。对于她这个聪明人来说，过去的事就让它过去吧，她早就开始了新的生活。

叶文洁的存在时时刻刻提醒着她，她的过往，特别是"文革"的时候她对丈夫所谓的"批判"。所以，她可以"热情"地接待母女，但是请她们少来打扰她现在的生活。

资深编剧教你读小说

我们应该如何读《三体》

邵琳现在的生活被她自己安排得很好、很完美,丝毫看不出岁月的痕迹,不愧是邵琳父亲嘴里的"太聪明"的女儿。

叶文洁和杨冬的生活,和她没有太大的关系,这次"热情"地接待完以后,她们还是少介入她现在的生活。

当送走叶文洁的时候,邵琳不方便说的话,由她现在的丈夫说出来,请叶文洁少来翻历史的旧账。为了怕读者看不懂,担心过于隐晦,作者还特意加了邵琳丈夫的一句话:

"我是在转达你母亲的意思。"

叶文洁明白了,这是邵琳在向她和杨冬下逐客令,而且是永久的逐客令,于是叶文洁遂了邵琳的心愿,再也没有回来过。邵琳也正好心安理得地过上现在的优雅生活,再也不用去回忆那些"伤心"的往事。

在这个小小的细节里,邵琳"热情"地接待了叶文洁母女,这"热情"二字,不禁令人浑身起鸡皮疙瘩。

精彩的细节十一:狗屁不通!大字报在地上贴就行了,不要发到天上去

红岸基地建立,如火如荼地寻找外星文明,试图和外星文明沟通的年代,是历史上的那个特殊年代。

那个年代,生活中很多事情都是泛政治化的。一切的生活,生活的一切,好像都被贴上了意识形态的标签,都要区分什么是资产阶级的,什么是无产阶级的。只要是资产阶级的一律批判,只要是无产阶级的一律维护。

甚至出现了牛顿定律都遭到批判的怪现象,因为牛顿是资产阶级的代表,所以它叫"牛顿定律",它就要被批判。

笔者记得读小学的时候,在播放眼保健操节拍前,必然有一句口号:

为革命,保护视力,眼保健操开始。

现在想来,这就是泛政治化的表现之一。

《三体》在写到那个年代的痕迹时,用了一个非常精彩的细节。当红岸基地要向外星文明发出无产阶级反帝又反修的声音时,当无产阶级第一次有机会和外星文明沟通的时候,人类给外星文明准备的信件,充满了"文革"大字报的语汇。

四、对外星文明发送的信件

第一稿【全文】

收到以上信息的世界请注意,你们收到的信息,是地球上代表革命正义的国家发出的!这之前,你们可能已经收到了来自同样方向的信息,那是地球上的一个帝国主义超级大国发出的,这个国家与地球上的另一个超级大国争夺世界霸权,企图把人类历史拉向倒退。希望你们不要听信他们的谎言,站

我们应该如何读《三体》

在正义的一方,站在革命的一方!

(《三体Ⅰ:地球往事》第 125 页)

这是那个年代独有的语汇,把所有的革命的大字报贴满生活,于是连第一封和外星文明沟通的信件也变成了无产阶级革命的鼓动,把大字报贴到太空里。

这样的语汇、这样的细节让读者忍俊不禁,让读者感受到那个年代细节的力量。一般情况下,不需要前面剧情的铺垫,不需要过多的背景介绍,只要一读这些文字,"文革"的大背景就呼之欲出。而把大字报贴到天上的思路,更是巧妙地把那个年代泛政治化影响之深写得活灵活现。

正因为一切都是泛政治化的,所以叶文洁的父亲只说了几句真话,就被批斗致死。

然而更妙的细节还不仅仅如此,接下来高层的回复才是最精彩的细节。

【批示】已阅,狗屁不通!大字报在地上贴就行了,不要发到天上去,文革领导组今后不要介入红岸。这样重要的信件应郑重起草,最好成立一个专门小组,并在政治局会议上讨论通过。

【签字】□□□   196□年□月□日

(《三体Ⅰ:地球往事》第 125 页)

第三章
细节设计篇：破解《三体》细节构建之谜

下面的人如火如荼地搞着政治运动，把一切生活都泛政治化，不说"革命"二字就好像不会说话了。而这些高层领导并非如此，他们仍旧是清醒的，他们并没有被所谓如火如荼的政治运动冲昏头脑，头脑清醒的人还大有人在，尤其是高层领导，很多人并没有陷入所谓的革命的狂热中。

这是符合当时历史情况的，这也是后来能够拨乱反正的原因。《三体》在这里以发给外星文明的第一封信为契机，巧妙地把泛政治化的年代和仍旧清醒的高层领导的头脑展现在我们面前，可以说精准地展现了"文革"年代的实际情况，写出了那个独特年代的一个历史侧面。

《三体》为什么精彩？《三体》为什么让人阅读之后大呼过瘾？从某种意义上说，都是因为这一个个细腻精巧的细节。

精彩的细节十二：我们度过了幸福的一生

《三体》是一个极其宏大的故事，洋洋洒洒三部曲，近百万字的长篇巨著。在整部小说的结尾部分，一切都已经化为乌有，太阳系已经被降维打击，从三维空间彻底被打成二维空间，变成了一幅挂起来的肖像画。

人类文明和三体文明都早已不复存在，人类只剩下孤零零的两个人还存活在另一个恒星系。程心和关一帆是人类最后仅有的存在过的痕迹。

我们应该如何读《三体》

他们一直在寻找曾经的人类文明的印记,他们来到一个星系,这里可能在1800万年前,出现过人类文明的二次成长,这里可能有他们曾经熟识的朋友云天明和AA。但是1800万年会抹去所有的一切,程心想到了唯一可以让信息存在1800万年的可能性:

把文字刻在石头上。

当程心和关一帆用超级计算机进行地层探索、深度感知以后,他们终于找到了云天明和AA在1800万年前给他们留下的信息,果然是刻在石头上。

所谓发展到可以建造恒星级战舰、可以进行星际旅行的文明高度发达的人类,留给千万年以后的信息,还是只能像原始人的岩画那样,只有刻在岩石上的字迹永不消退。

程心和关一帆搜索到石板上的字迹依然清晰。

我们度过了幸福的一生

(《三体Ⅲ:死神永生》第493页)

当读到这句话的时候,程心和关一帆拥抱在一起,他们流下了幸福的泪水。当笔者读到这句话的时候,眼角也湿润了。

我们到底是为什么而活着?现代人是不是已经完全扭曲了目标和结果?我们追求金钱,追求权势,追求物质享受无穷无尽,是不是已经彻底扭曲了人类生存在世界上的真正的追求

第三章
细节设计篇：破解《三体》细节构建之谜

和意义？

我们只是想在这个世界上，幸福地度过一生。

对于文明的岁月，对于地质年代，对于岁月的变迁，一个人的一生不过百年，除了留下后代，延续生命以外，我们到底最终在追求什么？

难道不是幸福地度过一生吗？

整部《三体》，无数人为之奋斗的却不是仅仅幸福地度过一生。罗辑、章北海他们，如果仅仅是想幸福地度过一生，他们大可不必那么努力，那么排除万难地奋斗。因为他们虽然已经面临末日之战，但是三体舰队还有450年才会到达太阳系，他们大可以快乐地度过一生，人活得再长也活不到450年。

他们努力奋斗，一切的一切就是为了人类的文明能够存活千万年。程心、云天明也是这样，如果他们想在此生活得幸福也许很容易，也许不需要吃那么多苦，不需要经历那么多艰难险阻，可是他们不能仅仅活在此生，他们要为将来、要为人类世界的存续努力奋斗下去。

整部《三体》，几乎所有的主人公都在努力为人类世界千秋万代的存活努力着，奋斗着。笔者觉得看完《三体》三部曲，在这个世界里也模糊了焦点，忘记了个人存活在世界上的终极意义。

在《三体Ⅲ：死神永生》的结尾处，作者终于再次返璞归真。

"我们度过了幸福的一生",这就是最大的幸福,还有比留下这句话更让人感到幸福的事吗?在这里,作者又借着剧情向所有的读者发出了终极拷问:

你活这一辈子究竟是为了什么?难道幸福地度过一生还不够吗?

精彩的细节十三:地球治安军和《西西里的美丽传说》

在《三体Ⅲ:死神永生》里,还有这样一个细节:人类已经被三体人打败,三体人强行命令所有的人类迁往澳大利亚,并且在澳大利亚要所有的人类自相残杀,还说这就是宇宙的进化法则。

为了保证所有的人类都可以听命,三体人在人类中组织了一支地球治安军。这支部队从人类中挑选出来,用来管理生活在澳大利亚的人类,镇压人类的叛乱活动,简单来说就是充当澳大利亚这个大监狱的狱卒。

这时很多人都报名参加地球治安军,因为参加了地球治安军,至少可以保证生命安全,至少可以不用在澳大利亚这块土地上自相残杀,被当成食物对待。选上的人欢欣鼓舞,扬眉吐气,选不上的人垂头丧气。

接下来,地球治安军忠实地当了三体人的走狗,犯下了很多滔天大罪。然而三十年河东，三十年河西，当人类向宇宙发射了三体星系的坐标，当三体星系被更高级的宇宙文明摧毁以后，地球也将在不久的未来被摧毁。

太阳系对于三体人来说已经毫无价值，当他们转向别的恒星系航行，当人类重新夺回地球控制权的时候，一场针对地球治安军的疯狂报复随之而来。

> 随之而来的是对地球治安军的疯狂报复。其实从客观上来说，在这场灾难中，治安军起到的正面作用远比抵抗运动多。……但这一切均不被法庭考虑，所有的治安军成员都受到审判，有一半被判为反人类罪。……五年中，不断有大批的前治安军成员被处决，而对此欢呼雀跃的人群中，有相当一部分是当初在治安军报名中的落选者。
>
> （《三体Ⅲ：死神永生》第212页）

当年的地球治安军大部分都被判为反人类罪，大量的地球治安军成员都被处决了，刘慈欣在这里写了一个最精彩的细节。

"而对此欢呼雀跃的人群中，有相当一部分是当初在治安军报名中的落选者。"

这些曾经的落选者在欢呼雀跃的人群里声音最大，对地

我们应该如何读《三体》

球治安军的审判、羞辱、虐杀也最为积极。

为什么呢？两个原因。

第一是内心有负疚感，想尽办法撇清自己。这些曾经报名参加地球治安军的人，曾经个个愿意出卖自己的尊严和三体人合作的潜在的背叛者，每个人内心都有巨大的负疚感。他们为自己内心曾经的动摇感到愧疚，为自己曾经报名参加地球治安军感到惶恐不安，这时猛烈地抨击这些地球治安军的成员，对他们最残忍、最严苛，很好地把自己装扮成最积极、最"革命"的一员，用这种狂热来掩盖内心的愧疚和不安。

第二是内心怀有深深的嫉妒。当年想做地球治安军没有选上，被迫在澳大利亚吃苦，甚至有被当成食物吃掉的风险，而眼看着身边的人选上了，可以安安全全地做统治者，吃香的，喝辣的。这种嫉妒藏在心里，一旦有机会发泄出来，会爆发出惊人的力量。他们对这些地球治安军的清算，内心是有一种报复的快感的。

为什么《三体》这一段写得如此细腻和扎实？因为人类历史上这样的戏码反复出现。第二次世界大战时期，纳粹横行，当大半个欧洲都被希特勒占领的时候，那些伪军就好像是《三体》里的地球治安军一般的存在。

我们想到了意大利导演朱塞佩·托纳多雷的《西西里的美丽传说》。当纳粹在西西里岛上横行肆虐的时候，很多人都

第三章
细节设计篇：破解《三体》细节构建之谜

渴望能攀上纳粹军官，那些和德国人合作的伪军、伪官员都可以颐指气使，都可以得到梦寐以求的食物。那些伪军、伪官员甚至因为有食物、有地位，还能得到大家梦寐以求的美丽异性的垂青。

然而战争结束以后，纳粹崩溃了，于是所有的伪军、伪官员都被拉出来清算，甚至那个可怜的美丽的女人就因为为了得到食物向伪官员出卖过肉体，所以也被拉出来游街，剃光头、扔石子。在羞辱他们的人群中，那些曾经想当伪军而不得的人，想出卖自己获得食物而不得的人，表现得最为激烈。

这些人内心也有深深的负疚感和深深的嫉妒，当爆发出来的时候，他们的报复也是最为激烈的。虽然《三体》是科幻小说，三体人、地球治安军只是作者的想象，但是地球治安军遭到清算，尤其是遭到曾经选不上地球治安军的那些落选者的清算，这是从历史的斑斑血泪里总结出来的，是有着扎实的现实基础的，而不是作者凭空捏造臆想出来的情节。

《三体》之所以出色，之所以以一己之力开创了中国科幻小说的新纪元，和它扎实的细节描写有很大的关系，而这些扎实的细节都来源于人类的现实生活！